成了高富帅
你还是个菜'

梁刚◎编著

当代世界出版社

图书在版编目（CIP）数据

成了高富帅，你还是个菜 / 梁刚编著. -- 北京：当代世界出版社，2013.1
ISBN 978-7-5090-0872-0

Ⅰ.①笑… Ⅱ.①梁… Ⅲ.①笑话—作品集—中国—当代 Ⅳ.①I277.8

中国版本图书馆CIP数据核字（2012）第300904号

成了高富帅，你还是个菜

作　　者：梁　刚
插画设计：撤　职
出版发行：当代世界出版社
地　　址：北京市复兴路4号（100860）
网　　址：http://www.worldpress.com.cn
编务电话：（010）83908456
发行电话：（010）83908410（传真）
　　　　　（010）83908409
　　　　　（010）83908423（邮购）
经　　销：新华书店
印　　刷：三河市祥达印装厂
开　　本：730mm×960mm　1/16
印　　张：14.75
字　　数：150千字
版　　次：2013年3月第1版
印　　次：2013年3月第1次
书　　号：978-7-5090-0872-0
定　　价：20.00元

如发现印装质量问题，请与承印厂联系调换。
版权所有，翻印必究；未经许可，不得转载！

目录 Contents

这么黑，我怎么分得清哪儿是左边哪儿是右边——你太有才了 / 001

现在请大家把书拿出来，我们来划一下非重点——你懂的 / 007

同学，我脑袋进水了，快让我先冲一下——那些欠抽的囧话 / 012

马上停止想象就可以——那些不着调的话 / 017

奶奶暴强的QQ签名——不能不服 / 021

童言无忌——长大了我要当退休人员 / 029

超搞笑的雷人囧事 / 038

笑死你我不负责——您儿子现在是本校校花 / 042

乐翻天的小幽默 / 046

几个幽默欢喜段子 / 052

恭喜你中奖了——再买一瓶 / 057

2B是最容易分辨出来的——你千万别多想 / 060

没有拆不散的夫妻，只有不努力的小三——三观不正啊 / 064

百看不厌的经典笑话 / 067

恶搞的搞笑段子 / 070

幽默笑话集锦 / 073

生活中的幽默小笑话 / 078

搞笑的微博笑话 / 084

开心一刻，笑话乐翻天 / 090

超萌搞笑的笑话 / 096

最流行的爆笑段子 / 101

超级有趣的幽默短笑话 / 106

真是乐死人——超萌的笑话 / 112

爆笑雷人语录 / 117

让你捧腹的欢喜段子 / 122

让你忍不住大笑的雷人糗事 / 129

不雷不舒服，爆笑雷翻天 / 135

让你喷饭的微博笑话 / 142

爆笑雷料乐死人 / 148

流行的生活糗事乐翻天 / 153

让人无法淡定的雷人囧事 / 159

让你捧腹的巨搞幽默段子 / 164

超给力的笑话集锦 / 170

让人狂汗的糗事围脖 / 175

超有笑果的新视角幽默 / 179

目录 Contents

爆笑幽默让你乐不可支 / 183

经典幽默大杂烩 / 186

轻松围脖让你开心一下 / 191

俏皮的超萌段子引你发笑 / 194

全球糗事排行榜 / 196

师自幼在寺中长大,既没吃过猪肉,也没见过猪跑 / 198

从现在开始咱俩谁先说话谁王八蛋,开始剪吧——牛 / 202

笑料不断欢乐不断,欢喜段子乐翻天 / 205

不着调的糗事集,想不笑——难 / 208

别笑,千万别笑出声来——狗,你们的保安咬人吗 / 211

生活工具的幽默心里话 / 215

很糗很雷人,开心小笑话 / 218

上班族无敌经典语录 / 220

幽默给力的讽刺笑话 / 222

爆笑一句话小段子 / 225

一些生活俗语的幽默新解 / 227

逗人的餐馆、旅馆小幽默 / 229

这么黑,我怎么分得清哪儿是左边哪儿是右边——你太有才了

晚上突然停电,屋子里一片漆黑。妻子着急地对丈夫说:"快把你右边的火柴拿来!"丈夫喊道:"这么黑,我怎么分得清哪儿是左边哪儿是右边?"

老师要求学生写作文,题目是:《我长大了要干什么》。冬冬写道:"我长大了要当一名警察,帮助大家抓坏人。"老师的评语是:"很好的愿望,不过,要先注意你的同桌阿牛,他说长大了要去抢银行。"

同学上厕所回来摸了一下我的脸。我说:"你洗手之后怎么也不

擦干啊?"同学回:"我没洗手啊。"

一户人家着火了,记者赶到现场之后火已经扑灭了。记者采访那家女主人,她说正在煮饭的时候家里就起火了……一段话听完之后那个女记者的第一句话就是:"那你的饭煮糊没有呢?"

某财校一宿舍女生一起去参加校内招聘会。HR特别严厉,基本每个人出来后都是哭丧着脸。某女生照例被HR鄙视了一番,然后被赶走。但是,她冷静地站起来,伸出手说:"把简历还给我,花了两毛钱呢!"HR惊呆了,然后她被录用了。真不愧是财务管理出身的!

3岁的女儿拿着一张有两个穿山甲的图片,指着其中一个问:"爸爸,这是什么?"我说:"这是穿山甲。"女儿又指着另一个问我老婆:"妈妈,这是什么?"老婆答:"这是穿山乙。"正在喝水的我差点没喷出来。

服务员:"欢迎光临肯德基,请问需要点什么?"顾客:"请问附近的麦当劳怎么走?"

今天有个年轻女人点了个脆皮甜筒,不要底下的威化,服务生说:"那怎么打?不如买个圣代。"她嫌贵,说:"我就要上面的,不要底下的。"服务生旁边的哥们儿有些看不下去了,告诉她:"那您进来,把嘴接到底下,我喊一二三,你跟着转。"

病人对医生说:"我吃的那些生蚝好像不大对劲。""那些生蚝新鲜吗?"医生一面按病人的腹部一面问,"你剥开蚝壳时肉色如何?"病人:"什么!要剥开壳吃吗?"

本人到山上写生。看见路边一间小草房蛮漂亮的,在草房对面坐下开始画。没过多久,俩村民从我面前走过,看了看我画的画,其中一个对另一个说:"这孩子画厕所做什么?"

我在日本留学,昨晚跟麻麻逛街。看见很多日本女生不用手拎包,都挎在胳膊弯儿那里。麻麻幽幽来了一句:"知道为啥日本人那样拿包不?"我不解。麻麻说:"她们都矮,拿手拎着包就拖地了……"

科长请新上任的局长到家中吃饭。饭桌上,科长提出让自己5岁的儿子认局长为干爹。局长高兴地答应了,同时,笑呵呵地问一旁的科长儿子:"小家伙,你乐意不?""不乐意也没办法,"小家伙噘着小嘴说,"昨晚,我听爸爸对妈妈说'舍不得儿子套不着狼'啊!"

前天帮导师在校园里搞路边调查，其中有道题是这样的："毕业后你愿意为学校捐款吗？"一过路人填："学校比八国联军还厚颜无耻，都毕业了还不肯放过老子！"

进了一个新公司，职务是助理。作为新人，我自然要表现得非常勤快。每天都第一个到公司打扫卫生，然后给桌子上的一盆花浇水，但是总不见那花长得更茂盛。然后有一天，有人和我说："也不知道谁那么无聊，天天给假花浇水！"

一只乌鸦口渴了，看到瓶子里有半瓶水，它想到了向瓶子里投石子。找到一块石子投了下去，不料，石子卡在了瓶口……

和老婆吵了一架后，我一个人来到房间，带上门郁闷地闭着眼躺在床上。不知什么时候，上幼儿园的儿子站在床前，用同情的口吻问："很郁闷，是吗？"我睁开眼看着儿子，叹了口气。儿子一拍我的肩膀，说："哎，女人就这样！我已经忍她好久了。"

路上偶遇一个残疾人，拄着拐棍过马路，我看他那样慢吞吞的实在危险，忙跑过去扶着他说："叔叔，我扶你过马路吧。"他忙摇头："不用不用，我自己能行，谢谢你啊年轻人。""没事，叔叔，我也不忙，陪你一起走吧。"说罢，双手接过他的拐杖，"你看你腿脚不好，还拿这么大个家伙多不方便啊！"

有一天某教授突然停止授课，语重心长地对大家说："如果坐在中间聊天的同学能像坐在后面玩牌的男同学那样安静的话，那么在前面睡觉的女同学就不会受到干扰了。"

"亲爱的，我现正在国际机场，准备去参加一个学术研讨会……已登上飞机了，哦……我亲爱的，你注意点啊……亲爱的，不好意思，刚才空姐不小心把茶溅到我身上了……""是吗，那位空姐对你实在太好了，连你在飞机上打手机都没劝阻你，去死！嘟嘟嘟。"

喝醉之后想去抓鱼,可是大冬天的到哪儿去抓呢?醉汉出去转了一圈,发现了一块很大的冰,马上开始凿。这时传来一个声音:"喂,别凿了,那下面没有鱼!"醉汉抬起头,四周看了看,没有人,又蹲下接着凿。"你这个人怎么回事?我叫你不要凿,你听见没有啊?""你叫什么叫,你怎么知道下面没有鱼,你以为你是上帝啊?""我不是上帝,我是这个溜冰场的经理!"

现在请大家把书拿出来，我们来划一下非重点——你懂的

上考前复习课，老师走进教室，说："同学们，今年学校规定了，不许划重点，大家知道吗？"话说完，底下发出一阵长叹。老师说："好，现在请大家把书拿出来，我们来划一下非重点。"

公交车上，站着的孕妇对身旁坐着的陌生男子说："你不知道我怀孕了吗？"只见男子很紧张的样子道："可孩子不是我的呀！"

班上有一位男生想找女朋友，他问一女生："追什么样的女生好？"女生回答："追有男朋友的比较好。""为什么呀？""因为你的对手只有一个。"

一个卖苹果的喊道:"新鲜的苹果,进口货。便宜卖了啊。"过路人一听"进口货",便你一斤、他一斤地买上了。有人拿起一个尝了尝,说:"这不是很平常的苹果吗,你怎么说是进口货呢?"卖苹果的人说:"您这一张嘴,它不就成了'进口'货了吗?"

有一丑女始终嫁不出去,希望被拐卖。一天夜晚终于梦想成真被人绑架。天亮后绑匪嫌她丑,将其送回原处。此女坚决不下车,绑匪咬咬牙,跺脚把车钥匙扔给丑女,说:"走……车不要了!"

某天下课去食堂吃饭,发现在食堂门口明显位置贴了一张寻物启事:本人丢失饭卡一张,望拾到者速归还。过了两天,不知哪位高人在寻物启事上用鲜艳的红色水笔轻轻地留下两字:休想!

经过九九八十一难,某软件公司终于将他们可以适应各种口音的语音识别软件开发完成,在产品发布会上,软件公司的工程师大大地吹嘘了一番这个软件的高效、精确。随后打开电脑准备演示,就听见台下有人喊:"格式化C盘,回车!"另外一个大喊:"确认!回车!"于是,悲剧发生了……

学校考试,一男生接到了同学递来的答案,刚要大抄特抄,一抬头看见监考老师向他走来。这位仁兄后来的行为成为我们全年级的经典:他非常坦然地直起腰直视老师,然后把答案纸放在鼻子上用力一擤,之后潇洒地扔出一个抛物线掷入门后的垃圾筐。老师瞪了他若干眼,最终也没有勇气把罪证捡起来。

家有小萝莉,有点可爱且调皮,有次被她老妈打屁股时,很无辜地望着她妈妈说:"妈妈,我怕疼,以后我会乖乖听话了。"然而她老妈也是语出惊人:"好吧,既然你怕疼,那就垫东西隔着再打。"小萝莉那个开心啊,说妈妈真好。结果她妈妈撕了一张纸垫在她屁股上，小萝莉当场就哭了。

孙悟空被太白金星带到御马监："弼马温，以后这些马就拜托你了。""等一下！马在哪里？"孙悟空看着空荡荡的云海叫道。"你仔细看啊，那不都是吗？""我只看到一堆浮云！""那就对了，神马都是浮云。"

上课时，小明传纸条给同学被老师发现了。老师严厉地说："上课要遵守课堂纪律，不能传纸条。"这时，小明却站起来回答道："老师，上课时传纸条总比考试时传纸条要好得多吧！"

李老师因闯红灯被告上法庭。法官盯着她看，问："李老师？""是的。""你以前在朝阳小学当老师？""是的，你怎么知道？"法官笑着说："我曾是你的学生。"李老师也笑了，轻松起来。法官接着说："我等这一天等了二十多年，现在罚你抄一千遍'我闯红灯错了，以后再也不犯了'。"

一个乞丐来到一个吝啬鬼家门前乞讨。乞丐："请你给我一小块

肉、奶酪或奶油。"吝啬鬼："没有！"乞丐："面包屑也行。"吝啬鬼："也没有！"乞丐："那就给口水喝吧！"吝啬鬼："我们连水也没有了。"乞丐发怒了："那你为什么还坐在家里？还不快和我一起去要饭！"

有一天某人遇见三个大汉要揍他，于是便与那三个人打了起来。回来以后便吹起牛来："他们打了两个小时硬没把我打倒。"别人问怎么回事，他说："绑树上打的。"

同学，我脑袋进水了，快让我先冲一下——那些欠抽的话

1.

　　一个宿舍的同学在洗澡，水进了眼里，想要冲洗，正好水龙头都有人。一着急，他对旁边的人说："同学，我脑袋进水了，快让我先冲一下！"

2.

　　两个北极探险者碰到一起互相吹嘘自己的遭遇。一个说："我们到过的一个地方特别冷，蜡烛点燃后，连火都冻住了，吹也吹不灭。""这算什么，"另一个说，"我们到过的地方才叫冷呢。在那儿，话刚出口就冻成冰块，我们只好放到锅里炒一炒，才知道谈话的内容。"

3.

两位律师走进一家快餐店,点了两杯饮料,然后从公文包里掏出自带的三明治吃起来。店主看见了,走过来对他俩说:"在这儿不能吃自己带的食品。"两位律师你看看我,我看看你,无奈地耸耸肩膀,然后把自己的三明治递给了对方。

4.

老婆:"今天花了两千给你买了件衬衫。"老公:"两千?这也太贵了。"老婆:"就知道你嫌贵,所以我又换了。"老公:"换什么了?"老婆:"一条裙子和衬衫。"老公:"我又不穿裙子。"老婆:"裙子是我的,衬衫是你的。"

5.

公司要裁员了,老板给了我个锦囊,一道填空题:一丝不( ),让员工做了后交上来。我百思不得其解。大家做完后,老板开始对我面授机宜了,填"苟"的,男的留下,女的走。填"挂"的,女的留下,男的走。

6.

老师:"这次考试你不及格,所以我要送你三本书。先看第一本《口才》,尽量说服你爸爸不要打你。如果说服不了,赶紧看第二本《短跑》。如果没跑掉,就只能看第三本书了。"学生:"什么书?"老师:"《外科医生》。"

7.

老师:"你为什么老是在上课时间睡觉?"学生:"爱迪生有

不上学的时候,达·芬奇有画烂鸡蛋的时候,爱因斯坦也有调皮的时候,凭什么我就不能有打瞌睡的时候?"

8.

女:"这学期我选了一门叫'应用心理学'的课耶!"男:"真的啊?那快来帮我分析一下我的心理吧。"女:"那还不行。"男:"为什么?"女:"因为我下学期才会选'变态心理学'这门课!"

9.

一天,三只小猪为了躲避大灰狼的追赶,建造了三个小屋。大灰狼不费劲地吹毁了草屋、木屋、砖屋,三只小猪拼命地跑,但还是被大灰狼追上了。三只小猪绝望地说:"你看着办吧。我们放弃了,随你怎样。"此时,大灰狼奸笑着,流着口水说:"那快告诉我小红帽在哪里?"

10.

从前有个人钓鱼,钓到了只鱿鱼。鱿鱼求他:"你放了我吧!"那个人说:"好的,但是我要考你几个问题。"鱿鱼很开心地说:"你考吧!"然后人就把鱿鱼给烤了。

11.

今天看书,看到康熙在23岁的时候已经贵为一国之君,绩伟功丰,我很沮丧。但又看到同治皇帝在23岁时已经死了4年了,我彻底平衡了。

12.

一天睡午觉醒来,看到老公在晒衣服,还很开心地哼着歌,哼到一首歌词是"我要一所大房子……"的歌的时候突然转过身来看我,发现我醒了,这货很幽怨地哼了一声,说:"我就知道你要大房子,听到大房子你就醒了……"

13.

昨天坐公交,旁边一位大叔拿着一个手机,忽然电话响了,大叔立马接起:"喂?喂?喂?"声音一声比一声洪亮,正待大家都探头一看究竟的时候,他放下电话自言自语道:"哦,是短信!"

14.

刚才跟一很久不见的老朋友吃饭,我问到他的婚姻情况,他说:"今年我换了好几个丈母娘……"我叹道:"你也太强了!"谁知他说道:"是我岳父太强了!"我当场狂喷。

15.

一位漂亮姑娘准备考律师证,整天捧书苦读。一个男同事看见了,逗她说:"律师行业竞争很激烈,你这么漂亮,不如找个好老公罢了。"姑娘白了他一眼,叹气道:"唉——你不知道,那个行业竞争更激烈!"

16.

一朋友最近刚买了车，载着我们出去兜风。我妹妹突然对我老婆说："姐，你朋友开车挺稳的啊。"老婆："嗯，你看又一辆自行车过去了。"

17.

蜜蜂狂追蝴蝶，蝴蝶却嫁给了蜗牛。蜜蜂不解："他哪里比我好？"蝴蝶回答："人家好歹有自己的房子，哪儿像你住在集体宿舍。"

马上停止想象就可以——那些不着调的话

★ 甲:"你小时候的梦想实现了吗?"乙:"实现了一半。"甲:"哦?小时候的理想是?"乙:"警察叔叔。"甲:"那怎么叫实现了一半?"乙:"现在是叔叔。"

★ 女神发了一条微博:"男生最重要的三个字从来不是高帅富,是上进心。"然后把所有转发这条微博的男性好友都删了。

★ 朋友有一天收到他姐姐寄来的快递,不小一盒却很轻。拆开一看是一大板酸奶,但是都被喝光了,只剩空盒。里面有他姐姐留的一张小纸条:"弟啊,这酸奶特好喝,你自己买点尝尝啊!"

自称"人家"的女生，基本上啥工作都不用做，有男生会替你做掉大半；自称"偶"或"藕"的，至少能省去一半的工作；自称"我"或"俺"的，全部工作都是自己的；自称"姐"或"爷"的，连男人的活都是你的；自称"老娘"的，连牲口的活都给干了。大家想想认识的女生对自己是什么称呼。

　　皇上久闻李白才名，"李爱卿，朕命你写诗助兴。""皇上，写诗可以，还请贵妃为我磨墨。""哈哈，才子就是才子，要求都这么独特。来人哪，上馍馍，贵妃你就喂李白吃几个吧！"

　　乘务员："先生，飞机马上起飞了，请把手机关掉，好吗？"乘客："我开的飞行模式。"乘务员："对不起先生，现在山寨手机很多，我们很难保证每个手机都是符合标准的。"乘客大怒："你说啥？你说俺手机山寨的？老子是苹果的！三卡三待呢！不识货别跟老子吵！"

老师:"请大家想象一下,假如你在一个有恐龙的世界里,而有一条恐龙正准备要吃你,你该怎么办?"小明:"这还不简单!马上停止想象就行。"老师:"你出去!"

法庭上,法官问原告:"你能认出偷你汽车的人吗?"原告:"这个很难,刚听完被告律师发表了一通辩护词后,我现在连自己是否有汽车都没有把握了。"

一位哲学家对一个学者说:"如果有人问你问题,你不要马上回答,因为这是很愚蠢的,聪明的人都会想一下才回答。"学者问:"你确定你也是这样吗?""是的。"哲学家马上答道。

老公的朋友回国,我说请他帮忙带药。老公:"什么药?我写在纸上记着。"我:"益母草。"老公大笔一挥:"一亩草。"写完嘀咕道:"这得吃多长时间啊……"

我家门口有个小店,每天广播的广告就是:"老板娘跑了,老板娘跑了,老板无心经营,清场大处理。"持续一个月以后就换为:"老板娘回来了,老板娘回来了,老板庆祝,打折大酬宾。"下一个月是:"老板娘又跑了,老板娘又跑了……"

★ 我和对象是摆地摊卖炸串的,现在特别热而且很累,每天累得晚上做梦都是炸串卖串——昨天买了一个《甄嬛传》的光盘,看了一会儿,心想着晚上做梦可以梦见当个后宫娘娘啥的……结果,我梦到了,我穿个旗袍在皇宫里卖炸串,太后和娘娘们都过来买……你们说我悲催不?

★ 一小伙拿iPhone到苹果专卖店诉苦:"我昨天在论坛贴吧研究了一夜始终不能越狱。"起初我想估计技术不到家,谁知这时小伙电话响了起来。我听声音有点怪,好奇地看了看:SIM卡2来电。

奶奶暴强的QQ签名——不能不服

过年的时候教会了奶奶用电脑，还申请了个QQ号给她，昨天偶然瞟到奶奶QQ上面的签名，瞬间石化了——当你不去旅行，不去冒险，不去谈一场恋爱，不过没试过的生活，挂着QQ，刷着微博，逛着淘宝，干着我80岁都能做的事情……你要青春有毛线用！

女生常说："男人没有一个是好东西。"所以当一个女生对你说"你是个好人"时，你基本上就死了，因为你在她心目中已经正式退出了男人的行列，从而失去了进一步发展的可能。只有当一个女生对你说"你这个死鬼"时，你才真是个好人。

某男和女朋友吵架后,打电话准备道歉的时候电话响了很久终于接通……女:"对不起,"男(异常激动但故作镇定):"你终于知道错了。"女:"您拨打的电话正在通话中。"男:"……"

一精神病人狂叫:"我是总统,你们都得听我的!"主治医生问他:"谁说的?"病人:"上帝说的。"听到这儿,旁边一个病人突然跳起来:"我可从来没说过!"

车站等车时碰到个要饭的,他手里拿着一张纸,写着:我是一个聋哑人,请你施舍一点给我。我就想他会不会是骗子,于是就说了一句:"对不起,我不认识字。"然后他就开口说话了:"兄弟我的钱包被人扒了,没钱买车票回家了,你借我点钱吧。"我惊讶:"你不是聋哑人吗?"他也很吃惊:"你不是不认识字吗?"

夫妻俩离婚争孩子,老婆理直气壮地说:"孩子从我肚子里出来

的,当然归我!"老公说:"笑话!简直是胡说八道。取款机里取出来的钱能归取款机吗?还不是谁插卡归谁?!

明明要求爸爸给他讲故事。爸爸说:"你要听长的还是短的?"明明:"长的!"爸爸:"从前有只苍蝇,嗡嗡嗡嗡嗡嗡……"明明:"爸爸你还是讲短的吧!"爸爸:"从前有只苍蝇,嗡,啪!"

一个运动员在练习射箭,误伤了旁观者,运动员赶忙过去道歉。旁观者说:"这不怪你,怪我站错了地方,我如果站在箭靶子前面,不是就不会受伤了吗?"

某国代表团的领队问某体育记者:"广州被称为'五羊城',是哪五羊?"这名记者淡定地回答:"喜羊羊、美羊羊、懒羊羊、沸羊羊、慢羊羊。"他用英语说的,happysheep、prettysheep、lazysheep、boilsheep、slowsheep,翻译得一丝不苟,人家领队真相信了。

昨天半夜喝醉回来,趁老婆熟睡的时候,憋足了全身力气一脚将其踹到床下,接着极其愤怒地破口大骂:"去你的!老子是有老婆孩子的人!"然后倒头装睡。第二天早上,老婆忍着伤痛不仅没责备昨晚醉酒,还端来热气腾腾的牛奶,其中一半都是感动的眼泪。

陪老婆买手表。老婆挑中了一块小巧秀气的进口高级手表，得三千多元钱。我赶紧劝她："这表针太细，你的眼睛又不好……"老婆打断我的话，"只要别人的眼睛好就行了！"

杰克看见一只很漂亮的波斯猫，便问："妈妈，这猫是丈夫还是妻子？"妈妈为难地犹豫了一下。杰克说："妈妈，我知道了，这猫是丈夫。""为什么？""刚才我使劲拧了它一下，它一动也不动，只是耷拉着脑袋一声不吭。"

一哥们儿坐在靠边的位置低头玩PSP，车上人满为患，突然，一个大肚子碰到了PSP男子的头，男子头都没抬，立刻从座位上弹起来大声说道："您坐，您坐这儿。"然后……然后顶着啤酒肚的大叔就淡定地坐下去了。

一哥们儿有一天实在闲得无聊，于是跟其女朋友开玩笑。说："有个男的给我发信息，说他是你老公。"其女友脱口而出："怎么可能，他不知道你号码的。"

老师对着班上大吼："不要吵啦！"没人理他，只好向校长告状。当两人怒气冲冲回到教室，全班同学竟安安静静地端坐着，老师不可置信。"来！班长你说！这是怎么回事？"班长很不好意思地站起来，低着头嗫嚅着："老，老师，你说过，如果有一天你进教室时发现全班都很安静的话……你就死给我们看！"

我在淘宝上发布了一个商品叫"生活费"，每个月初我妈买一次就完成了给我生活费的任务，并且不需要任何手续费。用银行汇款的孩子弱爆了！

一犯人执行枪决，子弹质量不好，第一枪没放出，接着又开第二枪……第三枪……这时犯人大哭："你掐死我吧，太吓人了！"

"皇上，您还记得大明湖畔的夏雨荷吗？""放肆！来人！把这婆娘押入大牢！着刑部会同御前侍卫，同堂共审！""皇上！这女子

对我大清朝的皇帝提"大明"的夏雨荷,心怀前朝,口出妄言,大逆不道,形同谋反,依律当斩……"

某日,生物老师问:"没有尾巴的是什么熊?"某生说:"无尾熊。"老师问:"没有脖子的是什么熊?"某生说:"无脖熊。"老师再问:"没鸡鸡的是什么熊?"某生答:"无鸟熊。"老师:"错!"某生再答:"嗯……无鸡熊。"老师:"错!唉……是母熊嘛!现在的小孩……"

1楼:大家冷静一些,都过来,听听5楼怎么说?2楼:我认为5楼说得很有道理。3楼:5楼说出了人民群众的心声!4楼:5楼确实说的很好!5楼:楼上的都是SB!

从前有个呆子,在街上看到美女,就想去结识人家,可是又没什么办法去跟人家搭讪,最后想到一个办法,他去捡了一块砖头,问美女:"小姐,这是你掉的吗?"

一天,5岁的儿子问父亲:"爸爸,为什么钟的表针都各走各的呢?"

"因为它们的关系不好呗!"

"爸爸,那在12点时,为什么它们在一块儿呢?"

"在12点时,它们得在一块儿吃饭啊!"

儿子咳嗽,医生检查之后说:"感冒,我给他开一瓶小儿止咳糖浆,吃完就好。"
我说:"给开两瓶吧。"
医生说:"一瓶就能好。"
我解释道:"我喂孩子一勺,我就得陪他喝一勺,要不他不喝呀。"

晚饭后爸爸问儿子:"今天老师留家庭作业了吗?"
儿子答道:"留了。"
爸爸叹了一口气说:"唉,我又得刷盘子了。"

儿子:"物理变化和化学变化有什么不同?"
爸爸:"物理变化就是没有了还会再有,化学变化就是没有了就永远没有了。"
儿子:"听不懂。"
爸爸:"我觉得花钱就是化学变化,但你妈认为是物理变化。"

妈妈:"以后不许再说一些莫名其妙的话,听到了吗?"
"这些可都是莎士比亚说的呀!"
"是吗,那以后不许你再和莎士比亚一起玩了。"

昨天胃疼，想吐。上午考试，考到一半，憋不住吐了。老师走过来关切地问："怎么，题出得太恶心？"

女孩带新认识的男朋友去见奶奶，老太太问："小伙子你是干什么工作的？"男孩很自豪地说："奶奶，我是干IT的。"老太太听完自语道："呦，怎么还有这么倒霉的行业啊，挨骂的都比挨踢的强。"

童言无忌——长大了我要当退休人员

小姑娘指着晨练的老人问:"为什么他们能天天到公园来玩?"奶奶回答:"因为他们是退休人员。"一天,爸爸问女儿:"你长大想当什么?"小姑娘:"退休人员。"

吃晚饭老婆没在家,7岁的女儿坐老婆的位置上,假扮妈妈。儿子对她以妈妈自居不服,就说:"你自以为今天是妈妈吗?你知道99乘6是多少?"女儿一本正经地回答:"孩子,我没空,问你爸!"

妈妈让小儿子去买西红柿,他到菜摊买了整整一菜篮子,结果因为太沉拎不回去,等妈妈找到他的时候,他已经蹲在马路边吃了十几个，很伟大地说："再吃几个我就拎得动了。"

儿子两岁，晚上临睡前把尿。我："儿子，撒个尿好不？"儿子："不撒。"我："乖，撒一个呗，要不就会尿湿床，就要受凉，然后就会感冒，再然后就要吃药打针。"儿子："不撒。"斗争进入相持阶段时，老婆走过来，白了我一眼，一句话就搞定："尿床了就给你照下来放到网上去。"儿子："我要撒尿！"网络威武。

7岁的女儿对肚脐很好奇，常问我肚脐是作什么用的。我于是把脐带连着胎儿与母体的道理深入浅出地讲了一下，说婴儿离开母亲之后，医生就把脐带剪断并打一个结，成了肚脐。女儿懂了，可是有些遗憾地问道："医生为什么不打蝴蝶结？"

小儿子跟人打架很勇敢。一次，儿子问爸爸小时候是不是也喜欢跟人打架。爸爸说："不敢。"儿子说："为什么？"爸爸说："打不过人家呗。"儿子说："那你怎么不喊我去！"

姐姐带着小外甥去看电影，回来的时候姐姐背着他，到家时发现他的鞋子不见了，姐姐很生气地数落他："鞋子掉了你都不知道？！"只见小外甥很不服气地说："哼，我知道！刚出电影院的时候就掉了！"

某幼儿园招生，园长问小朋友："会不会从一数到一百啊？"小朋友看了一眼园长说："1，10，11，100，数完了。"园长扭头对家长说："你这孩子不适合来我们幼儿园，智商太低。"孩子突然大吼："你才智商低！我才懒得数一百个数，按照二进制数不行啊！"

小丽："妈妈，小强今天要我嫁给他！"妈妈漫不经心地问："他有固定的工作吗？"小丽想了想说："他是我们班上负责擦黑板的！"

和宝一起看到一对双胞胎姐妹，我对宝说："宝，要是妈妈生两个宝宝该多好啊，那样你就有姐姐或者妹妹了。"宝回我："那你再生一个和我一样的姐姐吧，我不要妹妹。"我说："姐姐生不了，可以再给你生个妹妹。"宝回答："那你别生了，等我长大了我生个姐姐吧。"

表姐女儿4岁多,有一次表姐开玩笑问她女儿:"我们准备养头猪,但是需要安排工作,要选一个人每天给猪喂好吃的,一个人每天给猪打扫房间,一个人每天给猪洗澡,还有要选一个人每天陪猪玩,请问你要做什么?"她毫不犹豫地答道:"做猪。"

小时候,爸爸把"读万卷书,行万里路"这句名句贴在书房的墙上,激励我们三兄弟。我的哥哥受前半句影响成了文字校对,我的弟弟受后半句影响成了四海为家的流浪汉,我受整句影响成了快递员。

记得我年轻的时候,有一次在小区内玩吊绳,旁边有几个小孩看到了。其中有一个小女孩走过来,对我说:"叔叔,你的绳子能不能借我玩玩?"叔叔?!本人听后顿时脸色一沉!小女孩很聪明,立刻改口说:"哥哥,绳子能借我玩玩吗?"我崩溃了!老娘就长得那么像男人吗?!

某日,老师把看完的考卷发给学生后,要求学生带回家让家长签字。学生小军问道:"老师,是让爸爸妈妈签字,还是让爷爷奶奶签字?"老师说:"你家里谁说话算数,就让谁签。"小军听罢,喃喃自语道:"这么说,只能让我来签字了。"

父亲对屡次考试不及格的儿子开玩笑说:"假如我考试不及格,你会说什么?"

儿子:"没关系,失败是成功之母。"

父亲:"要是再不及格呢?"

儿子:"不要紧,胜败乃兵家常事。"

父亲:"如果第三次还不及格呢?"

儿子:"那就是遗传问题了,我什么也不说了。"

看着儿子拿回来的成绩单,我说道:"你这学是怎么上的?不是及格就是良,有没有好一点儿的?"

儿子赶紧翻书包,递给我一张单子:"妈妈,老师说我这个单子里的各项都是优。"

我拿过来一看,原来是体检单。

我问儿子:"喜欢月亮呢,还是喜欢太阳呀?"

儿子说:"月亮能给黑夜带来光明,在外面玩得再晚,也能看清回家的路。太阳每天一大早就晒着我的床,想睡个懒觉都不行。"

小张带着4岁的儿子来我家做客。我拿了个橘子给他,小张说:"儿子,叔叔给你橘子你该说什么呀?"

孩子低着头很不好意思,我赶紧说:"不用谢了,吃吧。"

小张笑着说:"我这儿子太内向,不敢说话。"

这时,小孩子特别小声地冲我说:"叔叔,能帮我剥开吗?"

一男士中奖得到一个玩具,回到家里,他把三个孩子叫到跟前,说:"谁最听妈妈的话,从不和她顶嘴,妈妈让他做什么他就乖乖地去做什么,谁就能得到这个玩具。"

三个孩子异口同声地说:"爸爸能得到。"

妈妈给3岁的女儿讲"司马光砸缸"的故事。讲完之后,妈妈问女儿:"你和小朋友玩,如果小朋友掉进缸里,你该怎么办?"

女儿想了想,说:"去找司马光呀!"

渔夫老张下河打鱼前总爱问别人,以讨得口彩,图个吉利。这天下河前,河边仅有一个小孩。他问道:"小朋友,你说今天我能捕多大的鱼?"

小孩说:"能捕像我一样大的鱼。"

老张很高兴,问:"你叫啥名字呀?"

小孩答道:"我叫小泥鳅。"

地理课上,老师讲到俄罗斯,便提问道:"同学们知道俄罗斯最出名的是什么吗?"一小同学站起来答道:"老师,是俄罗斯方块吗?"

5岁的女儿让老爸帮她做事。老爸:"爸爸很累啦,你夸我两句吧,你夸我两句我就又有劲儿了。"女儿:"老郑!"老爸:"哎!"女儿:"你家妞妞长得可真漂亮啊……"

今天被我那个5岁的小表妹给涮了一把。她攥紧双手对我说:"哥哥,你猜猜我手里有几个开心果?如果你猜对了,我把手里的两个都给你。"我对她轻蔑地笑了笑,说:"两个。"她听完松开双手大声地喊道:"错啦,是一个!"

儿子问老公:"张飞他妈姓什么?"老公:"不知道。"儿子:"笨,姓吴,无事生非(吴氏生飞)都不知道。"儿子再问:"张飞他爸姓什么?"老公思索半天,猛拍脑门:"姓惹,惹是生非!"儿子狂笑:"笨死了!姓张!你不跟你爸姓呀。"

一小朋友做数学题。实在不会做,就对他的同桌说:"我跟你换一下座位。""为啥?""你笨啊!你没听老师说吗?遇到不会的题要学会换位思考!"

爸爸带着一家人去几百公里外的外婆家度假,特别叮嘱了4岁的小女儿不准在路上问"还有多久才到"之类的问题。车开了一个小时之后，小女儿就问爸爸："等我们到了外婆家，我会不会已经5岁了？"

学校通知家长要去学校开家长会了。小弟拉着妈妈的手说："今年的家长会，您就别去了吧！"妈妈问："为什么呀？"小弟说："家长会的性质跟小三差不多，都是破坏家庭和谐的！"

数学老师问小学一年级同学："1+1=？"一个同学说："等于3。"老师问这个同学："你为什么会快速得出3？"同学说："脑筋急转弯来的。"老师问大家："什么情况下等于3？"另一个同学说："算错的情况下等于3"。

一天晚上，儿子用小手摸着妈妈的肚皮说："妈，为什么你的肚皮老是这么大？"妈妈说："以前它只是单人房，窄窄小小的。自从5年前你在里面住了10个月，它便扩建了。"儿子连连点头："啊！它现在肯定是总统套房了！"

星期六，一家人围坐在电视旁观看综艺节目《相约星期六》，这是一档红娘类节目，为年轻人牵线搭桥。不满8岁的南南坐在电视机前看得入迷，南南妈妈自顾自看了半天才发现，呵斥道："你看这干啥？"南南振振有词："为将来做准备！"

一男子来到医院精神病科:"大夫,我老婆总以为自己是钢琴,我该怎么办?"大夫:"那你还不把她带来?"男子:"你是不是精神有毛病?我一个人怎么能抬动钢琴?"

在一所幼儿园的一个很大的班级里,老师让小孩们问问题。大家一个问完接下一个,有个小孩一直把手举在空中,不过当轮到他问时,他却把手放下了。老师问他:"怎么了,你等了这么久,为什么轮到你讲,你却把手放下了?"小孩回答说:"来不及了,已经尿了。"

"妈妈病了吗?"儿子问道。妈妈点了点头:"今天不能给你做饭了,走都走不动了。""不要紧。"儿子安慰说,"我会把你背到厨房去的。"

超搞笑的雷人囧事

　　乌龟邀兔子赛跑，兔子说："你的祖先钻空子赢过我们一次，你就别妄想了。"乌龟甩出百元大钞："这是你的出场费！"兔子顿时笑道："龟爷，您让我怎么跑我就怎么跑。"

　　我："老婆你知道你是我的神马么！"老婆："我是你的什么？"我："你是我的公式！"老婆："为什么？"我："这样我就能推导你了呀！"彪悍老婆："为神马！我才不是你的公式！公式都是被别人推导过的！被无数人推导过的你还推神马！"我："老婆我错了。"

以前小学的时候,老师开课,担心会冷场,于是就告诉我们:"到时候我一提问,全都要举手。会的举右手,不会的举左手。"坑爹啊!

一日,老师见小朋友打台球姿势不对,便说:"手不能动,杆动!"说完小朋友大哭起来,老师慌了,问:"你怎么啦?"小朋友说:"我感动哇!……"

美术课,老师让画自画像。我看见坐我旁边的一位女同学带了个圆规。我好奇,问:你这个圆规干啥用的?同学答:"画脸用。"

老板十分愤怒地对新来的一个职员吼道:"你不但迟到,而且还编造理由。你知道我们是怎样对待说谎员工的吗?"职员慌忙地说:"知道,派他们到市场部去当推销员。"

一老头下馆子。"老板!给来份地道的北京烤鸭。"烤鸭上来,老头摸摸烤鸭屁股,"你这不是北京烤鸭,是南京板鸭,换一份!"

换了一份。老头再摸鸭屁股,"这是天津盐鸭,换!"最后一份,老头才说:"可以吃了,这才是地道北京烤鸭。"这时女厨师跑出来刷一声跪在老头面前:"我是孤儿,请您也帮我摸摸,告诉我我是哪儿人。"

一家公司的经理,对工作十分热心负责,几年来竟连一次假也没休过。

董事长闻知此事后,把他叫去,说:"我知道你热心工作,连一次假都没有休过,为此公司感到很过意不去,无论如何就请你休一次假,出去散散心,怎么样?"

"你是一片好意,可是我怕公司营业额下降……"经理婉言谢绝了。董事长十分感动。

拒绝了休假以后,经理走出董事长办公室,自言自语道:"这怎么行!要是我休假一个月,营业额上升了怎么办?不能休啊!"

一个近视的人在大街上走着,突然刮起一阵大风,吹走了他头上戴着的一顶黑帽子,他立即追了上去。这时,一名妇女对他喊道:"喂,先生,干什么呢你?"

"我在追我的帽子!"他气喘吁吁地回答。

"你追的是我家的黑母鸡呀!"

小李是个彩票迷,一年来买彩票已经花了近千元,可仅仅得了两个末等奖。他老婆埋怨说:"你买彩票,就是'庄稼不收年年种'。"小李说:"我也有收获,只是'种瓜得豆'。"

宝贝女儿去幼儿园,除了第一天有些委屈,一切都好。结果,第三天,老师打电话来告状。同时入园的小朋友,有的还是不适应,哭闹着找妈妈。老师哄来哄去,逐渐安静下来。我家宝宝一直在旁看热闹。一看小朋友安静下来了,她在旁悠悠地说:"下雨了,你妈妈不能来接你了。"教室再次喧闹起来……

客人:"来碗热面。"服务员:"一碗热面。"客人:"换碗冷面。"服务员:"一碗冷面。"客人吃完冷面就要走。服务员让他给钱。客人:"给什么钱?"服务员:"吃冷面没给钱。"客人:"冷面不是拿热面换的吗?"服务员:"那热面你也没给钱啊?"客人:"热面我也没吃啊!"

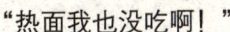

笑死你我不负责——您儿子现在是本校校花

　　有个女的打车,上车后就给一朋友打电话,说她打上出租车了,车牌号多少多少,司机叫什么名字等等,还说先别挂电话她害怕。的哥大怒:"放心,你长得很安全!"瞬间这世界安静了……

　　男孩在写作文,题目是《我的爸爸》。他写道:"我的爸爸,最强壮,最勇敢。他能横渡最宽阔的江河,能搏杀最凶猛的野兽,能打败最狠毒的强盗!我的爸爸无所不能!但是,他最常做的活儿却是刷碗、洗衣、倒垃圾。"

一男子要跳楼，刚赶回来的妻子大喊道："亲爱的别冲动，我们的路还长着呢！"男子听后，毫不犹豫地跳了下去。站在旁边的谈判专家说："这位太太，你真不应该这样威胁他。"

有一天，某大学校长打电话给某家长："先生，我有一个好消息和一个坏消息，都是关于您儿子的。"家长："校长，先说坏消息吧！"校长："坏消息是，您儿子的动作十分女性化。"家长："那好消息呢？"校长："好消息是他现在是本校校花。"

一老外在屋顶往下扔花盆，差点砸到一老汉。老汉很愤怒，大喊："玩什么？"于是老外又扔了一次："Once more？"

小时候我和表哥亲密无间，阿姨经常半认真办开玩笑地说让我长大嫁给表哥。我每次总是害羞地低下了头，以为终身大事就那么定了……直到初中上了生物课才知道近亲不能结婚，当时那节课犹如五雷轰顶，内心久久不能平复……

大学寝室，隔壁的妹子堪称奇葩。大四时，一个寝室四个人刚好凑桌麻将。某日那妹子过来围观我们血战了十分钟，问："你们谁是地主啊？"

老师发现班里有两个小朋友在早恋。她懒得请家长，也懒得教育，直接让两人分别与班里最漂亮的女孩和最帅的男孩坐同桌。一周后，这对小情侣的早恋就在猜疑和嫉妒中结束了。

一男子骑摩托车飞快，后座的小孩马上要掉下来了。一路人见状大喊："喂，你后座上的小孩快掉下来了。"该男子停车看了看大喊道："儿子，你妈呢？"

一个女孩指着报纸对男朋友说："你看你看，报纸上说捐精，一次可以补助300元。"男："你想怎么样？"女："如果你受得了的话，我想年内买套房……"

我女儿快3岁了，晚上睡觉前总吵着要我讲故事。我就给她讲了喜洋洋和灰太狼的故事，因为这个动画片女儿也看过。女儿对我说："爸爸你当灰太狼，我当红太狼好不？"我说："好！"话没落音，女儿就给了我一个大耳光！女儿对我怒吼道："还不给我抓羊去！"

阿袁在外地学习。一天，他发现生活费已提前用完，便忙给家里拍电报求援。电报上只有四个字：弹尽粮绝。没几天，阿袁收到家里的回电：顶住。

一只壁虎在一家证券公司门口迷了路,这时正好有一条大鳄鱼远远地爬了过来,准备要一口吃掉它,情急之下,小壁虎上前一把抱住了鳄鱼的腿,大喊一声:"妈妈!"大鳄鱼一愣,随即老泪纵横:"儿啊,刚炒股半个月就瘦成这样了!"

一个男子申请当监狱看守,监狱长问他:"这些家伙的确难对付,你知道怎样对付他们吗?""没问题,"申请人回答,"他们要是不老实,就滚蛋!"

12岁的儿子跑到厨房向老婆举报我:"妈妈,爸爸又在客厅里吸烟啦!"紧接着,老婆冲进客厅,火冒三丈,对我怒道:"屡教不改,你什么时候能改改,幸亏有儿子举报!"讲到这里,我哭笑不得地对老婆说:"刚才儿子说啦:'爸爸,你抽烟不给我一根我就向妈妈举报你!'"

乐翻天的小幽默

★

一次坐公交车,上来两位大爷,我给让了个坐,旁边一哥们儿无动于衷,我站在他身边恶狠狠地瞪了他一眼,本来想让他让个座给另外一个大爷,谁知他恶狠狠地回瞪我一眼,于是我说:"看什么看,赶紧给大爷让座!"可能是我长得太凶了,他赶紧起来对我说:"大爷您坐吧……"

好友去参加婚宴,咨询我们穿什么衣服去会被搭讪。回答说:"红色旗袍。"于是穿着旗袍而去。晚上回来报告:"今日果然被搭讪无数,搭讪话题内容有:我们桌的菜还没上齐。来瓶啤酒!请问厕所在哪里?"

今天去超市买东西，朋友让我帮忙带点吃的。我问他要什么，那家伙说："随便，最好带点咸的！"于是我直奔超市，找遍货架也不知道买什么，最后给他带了包盐回去。

商场里一女生在智能电脑上称体重。只听到电脑发声道："你的身高……体重……体型偏瘦，请注意营养！"我女朋友看到后，非要站上去试试。站了很久，电脑忽然提示："请一个一个上！"

暗恋了班上一位女生很久了。今天我终于鼓起了勇气，对那女生说："明天有空吗？我们一起去摘草莓吧！"结果她回答："但是我不会爬树呀。"我瞬间石化了……

图书馆里的战争：一男一女，应该是情侣吧，在图书馆开门时往里冲。女生不幸摔倒，那男生刚要回去扶起她来，只听女生大喊："不要管我，去占座！"

某女跟小气的男友摊牌:"在一起都半年了,你连我生日都没送一份礼物,你根本不疼我!"男友:"当然最疼你啦!以后不管你有什么要求或愿望,我都会尽力满足你。"女友高兴地说:"那我现在只有两个小愿望……"男友打断说:"嘘,说出来就不灵了!"

通常,当有男生问你"有没有男朋友"时,意思就是他想做你男朋友。通常,当有女生问你"有没有女朋友"时,她只是随便问问……

今天走路迎面碰到前女友和她的新男友,我不知道怎么脑残了,就打了一个招呼,她男友问:"你们认识?"她回答:"嗯,你前辈。"此男显然不理解,居然就朝我怯怯地问候了一句:"前辈好……"

高中晚自习,一美女同学穿个阔领T恤伏案写字,只见我们数学老师快速冲过去,猛地拉掉了缠在她脖上的黑线,"自习不准戴耳机听歌!"那美女脸都黑了:"老师,那是胸罩带子……"

⭐ 被迫相亲,对方是学英语专业的,相当的拽,一来就说她英语八级,日语一级,德语二级,问我几级?我说:"《银魂》246集,《死神》360集,《火影》469集,《海贼王》535集,《柯南》650集……"

⭐ 昨天中午和同事聊房价,我说:"现在房价这么贵,如果我有块地,那真是发达了!"他说:"你要是有块地,我马上认你做干爹!"刚说完,前台那边小姑娘喊我:"××,你有快递!"后来整个下午那个同事都不愿意和我说话。

⭐ 今天去ATM取钱,见一漂亮MM长时间占据ATM,不时打出一张凭条。我伸头一看,发现屏幕上竟是"余额不足"。可这MM仍不停地按按钮,一张一张地收集打出来的凭条。5分钟后,只见这MM拿着一堆银行凭条,急匆匆地奔向公共厕所。我顿时觉得所有的语言都在这一刻失色。

⭐ 有个人自称棋艺很精,常在别人面前吹牛。一次,有人请他下棋,可是下了两盘都输了。看棋的人都以为他没话可说了,没想到他这样解释说:"第一盘棋叫师傅不赢头盘棋,第二盘棋叫名师出高徒!"

★

小王是镇党委秘书,是个电视迷,特别爱看中央电视台的《非常6+1》。一天夜里,他正躺在值班室床上看电视,刚从外地调来的县长打电话查岗,小王抓起桌上的电话问道:"你是哪位?"

县长想不是有来电显示吗,你看一下不就知道了,于是县长有些不高兴地说:"你说呢?"

小王听了以后,一下子兴奋起来,叫道:"我听出来了,你是中央电视台著名节目主持人李咏!"

天下着大雨,先生开车带着太太拼命往家赶。

在两度险些撞车之后,提心吊胆的太太忍不住提醒说:"亲爱的,你把挡风玻璃上的雨刷器打开,也许有点用。"先生摇摇头说:"没用的,我把眼镜忘在家里了。"

老人读完一本关于如何增强记忆力的书,便大肆吹嘘他的记忆力提高了一大截,还要妻子试试他。妻子说:"明天咱们外出旅行,你把应带的东西背一遍。"

老人精心抄了一份清单,认真地背起来。

第二天,两人上路了。在汽车里,妻子问他:"你能背下咱们带的东西了吗?"

老人一字一句地背得滚瓜烂熟,一件不少。

妻子很高兴:"东西放在哪儿了?"

老人一听,瞠目结舌。他懊丧地说:"东西忘在家里了!"

★

一老师对同学们说:"有没有觉得自己很蠢的同学?请站起来。"大家沉默几分钟后一男生缓缓而起。老师说:"怎么,你觉得自己很蠢吗?"那男生答道:"不,老师,我是不忍心你一个人站着……"

几个幽默欢喜段子

同学聚会,不知不觉就到深夜12点多了,同学主动要求送我回家。我谦让道:"不用送,咱长得安全。"我以为同学一定会恭维我说:"你这么漂亮,我可不放心。"谁知这人实在,慢慢地说:"这不是晚上嘛。"我大叫一声:"我拿着手机照着自己的脸走还不成吗?"

今天和老爸聊天,老爸突然说:"你也老大不小了,自己的事情也要考虑考虑,不要糊里糊涂的。"我一听,老爸这是想让我带个姑娘回来呀。我正在无限遐想呢,老爸又加一句:"万一四级不过你可拿不到毕业证书!"

某次寝室一妹子和他男朋友视频,我洗澡要出来穿衣服了,就要她把摄像头遮一下。等我换好衣服,转身的时候,发现她正捂着屏幕上她男朋友的眼睛。老娘的清白呀!

初三,很多男女生早恋,但是我们班风超好从没有,所以班主任非常自豪,到处宣传她把我们教育得多么好。那天,她又在办公室吹嘘,英语老师沉默半天,意味深长地说:"没有早恋,这可不是个好兆头……"班主任愣了一下,没听懂,然后数学老师非常淡定地解释道:"断背山下,百合花开。"

有个同事拿着iPhone 4S问另一个同事:"我的iPhone明明是真的,为何别人要说这是山寨的呢?"那个同事特干脆地说道:"你把那个《最炫民族风》的铃声给改了就没人说是山寨了!"几天后他找那个同事问了同样的问题,那个同事无语:"叫你把《最炫民族风》改了,但没让你改成《月亮之上》……"

学校严令禁止学生谈恋爱。某夜晚,教导主任巡视到操场边,发现一对学生恋人正在热吻,教导主任冲他们俩大喝一声:"住嘴!"

逛街看到一个好可爱的小朋友。然后看看老公,叹了一口气,对老公说:"以后要是生小孩长得像你就完了!"老公愣了一下,恶狠狠地瞪了我一眼:"要是长得不像我,你就完了!"

室友买回一瓶大宝SOD蜜,得瑟道:"整天在外面风吹日晒的,涂了点大宝,嘿!还真对得起咱这张脸。"另一室友:"你那脸对得起大宝吗?"

某老板发了一条微博:"只靠加班赶项目是不对的,我们应该更有效率地工作,每天准时下班。"接着,该公司转发这条微博的员工都被炒掉了。

"悟空你听我说,最近悟净的行为很怪。为师多说了他两句,他就一言不发走开,然后躺进小白龙的食槽里。""沙师弟不善言辞,他应该是在用行动表达对您的不满。""什么意思?""卧槽。"

去澡堂洗澡,感觉水不是很热,遂大叫老板:"老板,水怎么不热啊?"老板的声音悠悠地传来:"灰太厚了,影响末梢神经了吧?"

甲队球员:"我们的足球教练是个只赢不输的人。"
乙队球员:"啊?!他的本事这么大吗?"
甲队球员:"如果我们球队赢了,他会说:'啊!我们赢了!'

一旦比赛输了,他会说:'看,你们输了!'"

鱼深情地说:"我时时刻刻睁开眼睛,就是为了能让你永远在我眼中!"

水感动地说:"我时时刻刻流淌不息,就是为了能永远把你拥抱!"

这时,锅说:"都他妈快熟了,嘴还这么贫!"

陪审席上坐着几个陪审员,其中一个陪审员悄悄对旁边的陪审员说:"虽然我是第一次做陪审员,但我绝对不会看错人,那个装模作样的家伙,我一看就知道是有罪的。"

"你说那个?他不是被告,他是辩护律师。"

伞兵胖李每次训练总是第一个落伞,并且准确地降落到预定地点,受到了部队政委的表扬。政委说:"你可以向大家传授一下你的降落经验。"胖李说:"吃胖一点就好了。"

有一名法官,当他正在审判一名罪犯的时候,发现这个罪犯的面孔很熟悉。他重新看了一下这个人的记录,发现是个惯犯,但有五年时间他却没有犯罪记录。法官迷惑不解地问:"在过去五年的时间里,你是如何克制住自己不犯罪的?"

"我在坐牢,"犯人回答,"你应该知道,因为是你把我送到那儿去的。"

"那不可能，"他说，"那时候我还不是法官。"

"是的，你那时候不是法官，"犯人邪笑着说，"你是我的律师。"

汉语"哪里哪里"是自谦的意思，作为对友人赞扬的回应。初通汉语的老外参加一对中国年轻人的婚礼。他很有礼貌地赞美新娘漂亮，而新郎却谦虚地说："哪里哪里。"

老外觉得新郎认为自己说得不明确，就用生硬的中国话接着说："新娘的眉毛、眼睛、鼻子、嘴，都很漂亮啊！"

一个人宅在家里好无聊，就去外面转了转。在街上看到一女的在摆摊卖丝巾，只听见那女的在吆喝："卖丝巾了！有老婆的给老婆买一条，没老婆的给别人老婆买一条。"

恭喜你中奖了——再买一瓶

去一小卖部买了瓶冰红茶,喝了一半发现是山寨的,已经喝了,也没说什么。一看瓶盖,再来一瓶。马上给老板说中奖了,再给一瓶。老板很淡定地说:"你再仔细看看。"我一看,再买一瓶……

如果你的好朋友一直单身而且打死都不告诉你他喜欢的人是谁,那么他喜欢的人95%是你,特别是当你们两个都是男人的时候。

去朋友家,看到她的电脑里挂着四个QQ,其中还有两个是空白没加一个好友的,但QQ等级都是一个太阳以上的了。好奇之下我就问她干吗要挂着两个没有好友的QQ,吃饱撑的啊!她缓缓地说:

"将来给我的孩子用,不能让他们输在起跑线上。"她的形象瞬间在我的心目中高大起来。

有一次四级考试我做监考,当时我在讲台上坐着,看到下面一名男生鬼鬼祟祟,一只手在上面写,一只手在下面动,嘴里还念念有词。我心想这肯定是在作弊,于是走过去一看,只见这哥们儿手里赫然拿着一串佛珠……

语文老师一回头,此地空余黄鹤楼。数学老师一回头,二次函数对称轴。英语老师一回头,sorry加上三克油。化学老师一回头,二氧化碳变汽油。物理老师一回头,一跟杠杆撬地球。生物老师一回头,试管婴儿水中游。体育老师一回头,乔丹改打乒乓球。全体老师一回头,世界人民没自由!

据说当年在哥伦布的船上,有一个广东人,在看见新大陆时,他首先大喊了一声:"啊!咩黎咖?"从此,美洲大陆就叫America了……

朋友和刺客唯一的区别是:刺客在背后捅你一刀,你回头痛苦地说:"啊,你是?"朋友在背后捅你一刀,你回头惊讶地说:"啊,是你!"

一学姐穿件领口比较开的衬衫在学校摆地摊卖书,看的人很多,买的人很少。一会儿,有一好心的师弟提醒:"学姐,你走光了……"学姐可怜兮兮地忘了他一眼,幽幽地回道:"学姐不走光,买书的人就走光了……"

一个大腹便便的中年男人对着起步的公交车猛喊:"师傅,师傅,等等我,等等我啊!"突然,公交车上一个人把头伸出窗外喊道:"八戒,别追了,回高老庄去吧!"

有次报团去乌镇游玩,有一景点参观道观。排队拿属相签,再一个一个由道士解签,到我的时候,道士看了看面相,说了一句让我很是惊醒的一句话:"施主,把前门拉上吧。"

老婆今天打电话告诉我说:"亲爱的,你的QQ有病毒,我帮你清理了一些啊。"我犹豫半天,心想,难道QQ升级了,怎么还有这个功能,就问她:"病毒啊,怎么清理的?"老婆回答说:"嘿嘿,我手动清理的。"晚上我一登录QQ,发现少了女好友30个,泪奔了……

2B是最容易分辨出来的——你千万别多想

阅读卷子的机器用红外线感应炭技术，它识别你的选择题答案靠两点，一是铅笔炭（石墨）的浓度，另一个是被涂黑区域的面积的大小。2B以下浓度不够，它不好分辨。而2B以上浓度够，但石墨含量多，容易扩散粘附到其他答题卡上……这个事情告诉我们：2B是最容易分辨出来的。

通常情况下我不支使老公做家务，不是因为心疼，主要是太过繁琐。比如，跟他说："老公，你去把葡萄洗一下！"他会先问："洗多少？要不要泡一下？"然后问："用哪瓶洗洁剂？"再然后问："你说的绿色那瓶用完了，有新的吗？"最后问："葡萄在哪儿？"……有费事解释的工夫，我早洗好了。

---

iPhone世界三种人：权威人士，消息人士，不愿透露姓名的内部人士。Android世界三件事：机皇机霸，顶尖配置，即将上市。山寨世界三个亮点：N卡N待，超长待机，凤凰传奇。

一个哥们儿到医院去检查，并做了很多测试。医生："有好消息和坏消息。坏消息是看过你的测试结果后，我发现你有潜在的同性恋倾向！而且难以根治！"哥们儿："我的天啊！那好消息呢？"医生腼腆地说："我发现你还蛮可爱的耶！"

我表弟在追学校的一个女生，每天短信无数，可那妞从来都不回他。我对他说："笨蛋！女人的天性只是八卦和好奇心！就你这样还想泡妞呢！看你表哥的！"我用他手机给那妞发：你是我们学校三大美女之一，但我只喜欢你。半分钟之后，那妞就回了：另外两个是谁，你为什么只喜欢我啊？

某考场，离考试结束还有10分钟的时候，监考老师说道："要及格的同学抓紧时间啦！"说完便转身走出了教室。他的背影让我想起了上帝……

突然发现数学的用处，如果在微信上找到个妹子，记下你的位置和距离，关注一下，再换两个位置重新记下距离，以这三个点为圆心距离为半径画三个圆，妹子的位置就暴露了。

眼前的A不是A，你说的B是哪道题，人们说的填空难，是我记忆中那张试卷背后的难填。我望向你的卷，却只能看见一片虚无，是不是你用草稿纸遮住了答案,忘了掀开。你是我的眼，让我看见满分的试卷，你是我的眼，带我穿越考试的火线，你是我的眼，带我领略答案的变换，因为你是我的眼，让我看见毕业证就在我眼前。

女神："完了，这次考试考砸了。"屌丝轻轻地拍了拍女神的脑袋，说："小傻瓜，我就知道你不会做，后面几道大题我都没写，这样我们就能上同一所学校了。"三个月后，屌丝去了××技校，女神被高富帅送出国留学了。

我今天算整明白我为啥没有男朋友了。别的妞儿吧，是独处的时候像个爷，一见到外人就化身娘们儿。我是独处的时候娘中娘，一见到外人就是爷中爷，即使我内心怒吼着"稳住！姑娘稳住啊"，外表上依然喊着"你大爷的！"就疯起来了。

没有拆不散的夫妻，只有不努力的小三——三观不正啊

老公有了外遇后，被妻子发现，妻子伤心地对老公说："为什么要背叛我，难道我不如那个狐狸精吗？"老公语重心长地说："没有拆不散的夫妻，只有不努力的小三。"

舍友的同学闲着没事，跑去高考考点门口装作没带准考证，准备回去拿，结果一大群热心家长就把他推进考场，让他先进去，准考证让他家长送过来，老师也热情地让他进去了，结果这个同学在厕所待了两个多小时。

某公司的HR悲催地离职了,据说是受不了老板摧残。离职后,同事在他的电脑里发现这样一个文件夹——"老板你妹"!

怀孕一个多月,各种吐,有天晚上吐得受不了了就跟老公撒娇:"求求你救救我吧!"老公很淡定地回答:"以前你来大姨妈难受的时候就说让我救救你,我果断把你救了,现在你又让我救你,对不起,我不是万能的……"我瞬间无语了!

我们宿舍每个人都有自己专属位置的贴纸励志铭。嗜睡的老大在床头贴着"我不困!";准备考研的老二在日历上贴着"我不爱玩!";爱自拍的老三在镜子上贴着"我不美!";而我,在宿舍的门背后贴了张大大的"我不饿"。

一同学去一座古寺游玩,途中遇到一算命的。同学问:"给我算算,我能活多长时间!"算命的瞅着同学的脸半天,说道:"同学命

好啊！"同学心中大喜，忙问："快说，我能活多久？"算命的说："你能活到死啊！"

老婆对着镜子哭诉："我越来越肥，越来越老，越来越丑了！"随后，老婆对着老公撒娇："老公，夸夸我，哄哄我呀！"老公想了想，说："嗯，老婆，你的视力还是很好的！"

有一次坐公交玩手机，居然发现斜对面一漂亮女生手里的手机和我的一样，这不是缘分吗？到站下车路过那美女，我拿手机朝她摆了下并示以微笑，意思是，看，咱俩手机一样……只见那美女愣了一下，接着大叫："抓小偷啊！"可怜的我还没反应过来就被人们按倒在地……

百看不厌的经典笑话

★ 今天我和小外甥坐沙发上一边吃薯片一边看电视,吃着吃着感觉薯片都湿乎乎的,扭头一看,他把每个薯片都整个舔一圈然后又放回袋子里了。

★ 病人:"我失眠。"医生:"这些药丸,红色让你梦到德华;白色梦到阿伦;绿色梦到润发。"病人:"那我全部服下去呢?"医生:"那你可以见到国荣……"

★ 理发馆碰一哥们儿,坐下后师傅问他洗不洗,他犹豫一下,答应了,并且选了洗发水,师傅很认真地把他头洗了两遍。回到座位上,师傅边为他擦干头发边问："打算理个什么头啊？"这位仁兄对着镜子端详了半天，说："剃个光头吧……"

女友给男友发短信："老公你在干吗？在做梦吗？把梦传给我！在笑吗？把笑发过来！在哭吗？短信你的眼泪让我一起悲伤！"过了一会儿，男友短信回复道："我在大便。"

前段期末复习的时候，一同学去找老师划重点，老师说："你学医的划什么重点，难道病人找你看病，你给他说你的病不是重点，你回家长个重点再来看？"学医的伤不起，他们学着一个叫做重点的书……

马戏团表演惊险的驯兽节目：一个口含糖块的美女张开嘴，一头狮子伸着舌头从她口中取出糖块吞下。表演成功后，马戏团老板得意地向观众开玩笑说："你们谁敢上来试一试？"全场默然。过了一会儿，忽有一男子起身，"我敢演狮子！"

上大学时追一女孩，数次表白，无果。后来女孩短信约我周末去公园，我激动得晚上没睡好觉。周末应邀到黄河公园。走了一阵，女孩说："我有句话一直想对你说……"我那个激动啊，心想这事有戏，就说："你说吧，我听着。"然后她告诉我："黄河也看过了，这回死心了吧?"

★
我:"做我女朋友好吗?"她:"我觉得我们做朋友更好。"过了30秒,我又问:"做我女朋友行吗?"她:"真不合适!"哥大怒,继续说:"我追你两次,你都拒绝,太不给面子了吧,不行,你要反追我一次,让我拒绝你,心理平衡一下!"女无奈,对我说:"帅哥,你做我男朋友好吗?"哥回答"好!"牵手成功!

恶搞的搞笑段子

　　这天,小明去食堂打饭,天啊,米饭里竟然有六只蟑螂!小明怒气冲冲地来到打饭窗口,重重地把不锈钢饭盒往窗台上一摔——六只蟑螂!刹那间,喧闹的食堂静了下来,大家都注视着这里。只见打饭的师傅面不改色心不跳,从容地把小明的饭盒往外一推,说:"说了多少遍了,集齐七只蟑螂,才能换一个豆沙包!"

　　失眠是会呼吸的痛,它肆虐在我的每个细胞中,辗转难眠会痛,起床织围脖会痛,喝水跑厕所也痛;失眠是会呼吸的痛,它流在血液中来回滚动,不睡觉会痛,失眠会更痛,想睡觉却睡不着最痛……

某同学收到骗子短信，内容是："爸，我与男友开房被警察带走，需要钱，你汇2000元到××账号上，这是别人的手机号，有事等我出来再跟你说。"看完后同学回了一条："等我找到你妈再说吧。"

四个外星人被空投到中国。第一个来到北京，居委会大妈马上打电话：公安同志啊，我们这有特务！第二个掉在上海，上海人挺高兴：这个东西好好玩，应该送到动物园去卖门票。第三个掉到广东，广东人：没有吃过这个东东，拿去煲汤！第四个掉在成都，成都人：刚好3缺1，来来来，打麻将撒！

中午在饭堂见一男生牵着一女生的手下楼梯，不料那男的不小心摔倒，但他没有松手，于是拉倒了该女生，两人沿着楼梯一路滚了下去，情景惨不忍睹……于是我瞬间明白了那首歌，"有一种爱叫做放手"……

一男老师年届不惑而未婚。研究室主任观其人尚憨厚，且有金屋多年，问其择妻条件，欲为之物色。答曰："长得漂亮，身材好，学历硕士以上，工资自给有余，有气质，家世不错，会做家务，没谈过恋爱。"主任拂袖而去，曰："可怜之人必有可恨之处！"

在巷口看见一跑车拐弯时撞倒一哥们儿。以为车主下车后会道歉，没想到他竟然说："我车子开过来，你为什么不躲？"被撞的人愣了！车主看他没反应，又重复了一遍："看见我车拐过来，为什么不躲？"只见这哥们儿怒了，爬起来就冲车主下巴一个勾拳，车主应声倒地。完了问："看见我的拳头过来，为什么不躲？"

　　问：一只小狗在沙漠中旅行，结果死了，他是怎么死的？答：他是憋死的，因为沙漠里没有电线杆撒尿。问：一只小狗在沙漠中旅行，找到了电线杆，结果还是憋死了，为什么？答：电线杆上贴着"此处不许小便"！

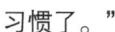
　　一男人总找不到女友，无奈去算命。算命师说："你前半生注定没女人。"那人眼睛一亮："后半生呢？"算命师说："后半生你就习惯了。"

幽默笑话集锦

一大早躺床上是红烧，加了床席子是铁板烧，下床后是清蒸，出门去是照烧，到游泳馆去水煮，回来路上被生煎，回到宿舍里还要回锅……

早上找衣服穿准备上班，套了一件久未穿的裙子，对着镜子自语："唉呀!怎么像包粽子一样。"在一旁洗脸的老公说："那是馅儿的问题，跟包的叶子无关!"

某天考生物，其中有一题是看鸟的腿猜出鸟的名字。某学生实在不懂，生气地把卷子一撕准备离开考场。监考老师十分生气，于是问他："你是哪班的，叫什么名字？"某学生把裤腿一掀，说："你猜啊你猜啊！"

在公交车上，前面一个年轻的妈妈给宝宝喂奶（母乳喂养哦），可能宝宝吃得不老实，年轻的妈妈威胁孩子："吃不吃？不吃我给旁边的叔叔吃了啊！"说了几次，两站过后，旁边的叔叔说："小朋友，你不吃就说一声啊，叔叔还有两站就下车了！"

一美女从的士上下来，把照相机落在后座了。司机见状赶忙把头伸出窗外，冲着美女喊："小姐，你相机！"美女一脸红，扭过头骂道："你像鸭！"然后的士走了。后来美女追着喊："师傅，我相机，我相机……"

某次和几个朋友一起打羽毛球，其中有个漂亮MM和我打双打，气氛非常愉快，带着些暧昧。打完球散伙的时候MM说："把你手机给我吧。"我目瞪口呆地说："俺就这一个手机，还要用呢。"然后，就没有然后了……

汉语等级考试："哟，今天你的牙齿好白啊！"女说："那是假牙。"男说："真的假的？"女说："真的。"问题："请问这是真牙还是假牙？"这下老外就蒙了……彻底完全蒙了……

结婚那天,新娘躺在新郎的怀里问新郎:"我们下辈子,还会在一起吗?"新郎心疼地摸摸新娘的头:"傻瓜,上辈子你就问过同样的问题了。"新娘转过身抱住新郎,哭着说:"希望我们下辈子都还是男人!"

"近来忙啥?""没啥,就是投资体育项目,或搞搞慈善事业。""哇,成功人士啊。"笑而不语。过一会儿从兜里掏出一张大乐透一张双色球,"哎,又没中。"

同学,请在答辩时牢记以下翻译:"偶"换成"我","乃"换成"你","素"换成"是","擦"换成"啊","你妹"换成"我有一点不同看法","我去"换成"原来如此","坑爹"换成"这难度有点大","不给力"换成"与我想的有差距"。如实在病入膏肓,请一律"呵,老师你是对的"。

话说有一天我们摄像大哥又去某案件现场拍摄,还和警察套近乎:"哎,哥们儿,你说这人是不是自杀?"警察狠狠地白了他一眼,摄像大哥往地下一看,哦,原来是件分尸案。

车站售票窗口,一同学买到两张站票,问售票员:"这两张票是在一起的吗?"售票员想了想,回答说:"想站一起就在一起,不想

站一起就不在一起……"

有个懒人,懒得出奇。妻子要切面条,叫他到邻居家借个面板。他说:"不用借了,就在我背上切吧!"

妻子在他背上切完面条,问他:"痛不痛?"他说:"痛,我也懒得吱声。"

一次跟个美眉坐电梯,同乘的有个酷酷的大胡子老外。那个美眉一直叽叽喳喳说个不停,我就说:"别吵了,再吵把你卖给这个老外。"那个老外咧开大嘴,面露喜色,用不太标准的普通话说:"真的?"

妻子问我:"今年我生日,你给我买了什么礼物啊?"我笑着往对面一指:"看到那边那辆粉红色的奔驰了吗?""看到了!"她开心地回答。"我给你买了根同样颜色的牙刷。"

男:"你一天最幸福的时刻是什么?"女:"一天中最幸福的时刻就是下班后你骑自行车载着我到街角那边吃卤肉饭。"男:"说实话。"女:"你骑自行车载我去吃卤肉饭。"男:"说实话。"女:"吃卤肉饭。"

每天最开心的事情就是早晨看着老婆抹了化妆水啪啪地拍自己的脸，"啪啪"，"啪啪"，"啪啪"，听了太爽了，我边听边心里默念："叫你让我洗袜子，叫你让我接孩子，叫你不让我喝酒，叫你不让我玩游戏，打，打，给我使劲打！"

曹操大兴土木建造铜雀台，众人不解："大王，造这么大房子干吗？"曹操叹口气："还不是为了我那朝思暮想的大乔小乔啊，你们想想，要是没有个像样的房子，人家哪能愿意啊！"

生活中的幽默小笑话

乔布斯咣咣咣的使劲拍着桌子对他的工程师说:"屏幕亮度要再增加15%,厚度要再减少2毫米。"工程师们辛苦了半年后终于做出了符合要求的iPhone。卖到中国后首先要贴膜,亮度减去了20%,然后加外壳,厚度增加半厘米。乔布斯不是病死的,是被气死的。

大清早,一哥们儿对我说:"看新闻了吗?出变态试卷那专家被劫匪绑架了,劫匪让拿一千万赎人,要不然就用汽油烧死。现在正募捐着呢,咱也捐点吧。"我说:"好,大家伙儿一般都捐多少?"那哥们儿说:"看情况吧,有捐2升的,也有捐10升的……"

"人的影子其实就是魂。看影子的颜色就能看出人的状况。""哦?怎么说?""如果影子颜色比较深,那说明你的身体好,魂魄厚实。""那要是我的影子颜色淡呢?说明我身体不好?""不,那说明……你魂淡。"

心理学研究发现,人们在照镜子时大脑会自动进行脑补,所以照镜子的时候看到的并不是自己的真实长相,大概比真实长相好看30%。这就是为什么很多人照相时感觉不像的原因。

赶公交,好不容易等来一辆,可根本就挤不上。于是司机大哥就和我说:"我先发动车,慢点开,你跟在车后面跑跑。"我纳闷这是什么意思啊?但只能跟在车屁股后面跑,眼看车开了几米,忽然一个急刹车,车上的乘客把持不住身体,全部倒向车的前面去,后门一下子腾出好大一块地方。这时,司机大哥得意地招呼我:"上!"

老外笑着对中国人说:"你们虚岁没道理。"中国人答:"周岁是指人从母亲体内出来的时间,虚岁是指人从父亲体内出来的时间。"老外惊叹:"中国老祖宗太有才了!"

高三有一次在宿舍里斗地主，突然教导主任查寝，被发现，于是被带到办公室里严加审问。"给我个理由，我可以考虑不给你们记过。""主任，是我们不对，我们没把精力放在学习上，想用这种妖术来推测今年的高考运势如何……"

怀念临班语文老师讲解选择题："同学们，为什么不选A啊，对，因为A不对；为什么不选B啊，对，因为B不对；为什么不选C啊，对，因为C不对。所以这道题应该选？"同学齐声高喊"D"。"对，我们讲下一道题。"

车上放《天鹅湖》的音乐，我一时兴起给6岁的女儿讲解。女儿没有听过这个故事，于是我简化讲道："一只天鹅变成美女，嫁给了王子……"女儿担心地说："王子让她生宝宝，她下个蛋怎么办？"

有家公司举办新年晚会，一员工经过重重考验，进入到了抽奖环节。台下同事都在起哄："苹果！苹果！苹果！"结果他真的抽到一张字条：苹果牌笔记本！正在他激动万分之时，司仪缓缓地递给他一个礼品包，里面有一个苹果、一副牌、一个笔记本。

坐公交，公交司机突然停车，把一车人扔在车上独自跑进了便利店。大家等了很久，很纳闷，然后他买了一瓶可乐跑了回来。过了几站地，他停车又跑了，车上乘客更加无语，结果司机回来时拿了一个易拉罐，原来是中了"再来一瓶"……

中午和男朋友一起吃饭，他正捧着他的那碗米饭吃，忽然特别认真地对对面的我说："你好胖啊！"我顿时火冒三丈吼道："你说什么？"他一脸茫然，又更大声地说了一遍："你好胖啊！"我忍无可忍，上去两个耳光接一个锁喉抛摔，吼道："你再说一遍！"可怜他攒足了一口气说了一句让我顿时很后悔的话："我说'米好烫啊'！"

俺从家里带来一个脸盆，晚上没人的时候，俺就用饮水机里的热水泡脚。那天晚上，俺在单位边泡脚，边上网。秃头主任突然回单位了，劈头盖脸地骂我一通："好小子！卷着裤脚，光着脚丫，踩在地毯上……你以为叫你来种水稻啊！"

老婆不许我看凌晨三点的足球赛。我无奈只好同意，一觉醒来，看到老婆在不断地揉手。我很诧异："是不是睡觉时被压着了？"老婆瞪我一眼说："都是你给捏的！边捏还边说：'中央五套怎么还不出来？'"

老婆："你为什么总是说我傻？"老公："男人都喜欢说自己喜欢的女人傻。"老婆："为什么？"老公："找到同类了，高兴呗。"

搞笑的微博笑话

自习课上课好几分钟了班主任还没来,同学们偷偷把手机拿出来玩,这时只听一声巨响"嘭!"我们班主任开一大脚把门踹开,把灯关了,结果脸上反光的同学都被带走了……

微博上一人妻,随便调侃了一句:"自己产奶还是很赞的。给老公煮咖啡顺手就挤几滴进去了,超方便!"悲催的是,被本地小报记者看到了,于是上了次日报纸消费版的头条:《物价飞涨,奶质堪忧,哺乳期女白领流行为老公挤奶制咖啡》。

有个行人在扁担上挂着一只茶壶,茶壶突然坠地而碎,可他头也

不回地继续朝前走。别人见了忙喊:"喂,茶壶碎了!"那人淡淡地答道:"既然碎了,回头看又有何用?"众人听了大怒,围上去一顿暴打。一边打一边骂:"随地乱扔垃圾,你他妈还装什么酷?!"

表弟考试进考场做一题,需写"恩惠"两字,可"惠"字不会写,左思右想无果……忽惊喜!考试时所带一瓶饮料,瓶盖内有"谢谢惠顾"字样,此惠应和恩惠同一字。窃喜,假装喝水遂拧开瓶盖。晕!只见盖内赫然印有"再来一瓶"!

昨天在街上,忽然听后面有大叔,很急切地喊:"那个!等一下!那个谁!……那个……做汉奸那个小伙子!"一大片人停步。我还没反应过来,只见边上一个哥们儿,一脸汗颜地站在那里,一字一字地咬着说:"我是做日语翻译的。"

话说一美女深夜被打劫,劫匪:"把身上值钱的东西都拿出来!",美女遂从之,劫匪拿了东西又仔细盯了美女一会儿,"把衣服全脱了!"美女心想终究还是逃不过,遂从之。劫匪认真看她脱完后说:"算你老实,没藏东西!"于是掉头就走了。

深夜,如果有一个恶人把刀架在你脖子上,说:"给你一分钟,你可以打电话给任何一个人,除了父母,让他来接你,不许说多余的话,如果他同意来,我就放了你,如果不愿意来,我就杀了你。"你

会打给谁？答:"您好，我要1个巨无霸，1份麦乐鸡，1包大薯，1杯可乐。"

"请问你从妈妈肚子里生出来的感觉是什么样子的？""林尽水源，便得一山，山有小口，仿佛若有光。便舍船，从口入。初极狭，才通人。复行数十步，豁然开朗。"

男生刚到女友家，便迫不及待地要亲吻女友，女友说:"不行，我大姨妈来了！"男生感到很奇怪:"亲嘴和大姨妈有什么关系？"于是男生强吻女友，突然一妇女从厨房冲出来，指着男生骂道:"为什么欺负我的外甥女？！"

问:"心里老住了个不可能的人，怎么办？"
答:"猛涨房租，逼他自己搬。"

和老板一起去贫困山区考察，他深有感触。吃饭时，老板说:"将来我死了，就把钱全捐给希望工程，让每个孩子们都可以读书上网，了解世界！"我点点头，想了想说:"嗯，到时候我也把QQ捐出去，让孩子们一上来就能用上带太阳的QQ。"

丈夫得了感冒躺在床上，"亲爱的，如果我死了，你会因想念我

而感到有点忧郁吗？""那当然，亲爱的，因为你是知道的：任何微不足道的小事我都要哭一场的。"

飞机客舱里，几名歹徒突然劫机并且用枪顶住了一名人质的头。为首的歹徒大声说："我们有三点要求！如果不答应，大家同归于尽！第一，准备降机场；第二，落地后给我一把真枪；第三……哎呀你们干吗！？"

昨天有个女生问我，想不想做她男朋友，我说想，然后她说让我不要有这种想法。

岳父母来了，老婆开车带全家人出去玩。但是她走错了好几次路，岳父对岳母说："我发现你的女儿真笨。"老婆急了，大声跟岳父说："你女儿才笨！"

如果给你一次去西天取经的机会，选3个人做你的徒弟，你会选谁？1.多啦A梦。2.柯南。3.蜡笔小新。4.樱木花道。5.大力水手。6.超人。7.功夫熊猫。8.美少女战士。9.路飞。10.漩涡鸣人。11.奥特曼。12.卡卡西。13.喜羊羊。14.蜘蛛侠。15.百变小樱。16.忍者神龟。17.变形金刚。18.八神庵。19.杀生丸。20.阿童木。

今天刚买了紫红色的指甲油,晚上涂在手上。女儿从房间里出来了:"妈,屋里有股什么气儿啊,怪怪的。"然后老公从房间里探出头,很损人地来了一句:"这是一股妖气……"

垂死的富翁躺在病榻上,在他的身边围着他的亲属、儿女、妻子和医生。富翁嘶哑着嗓子说:"全是些流氓、强盗、口是心非的人!"医生:"情况还不错,还能认出身边的人来……"

芒果台开始放《还珠格格》,意味着高考完了,幼儿园和大学放假了;放到皇后作恶容嬷嬷扎针,代表中考完了,小学的那群孩子出来野了;等紫薇瞎了,香妃死了,初中和高一的放假了;到最后第四部都播完两遍,还在上课的只有苦难的准高三生们了。

语文考试,有道填空题:扁鹊见蔡桓公,立有间,扁鹊曰:"君有疾在腠理,不治将恐深。"桓侯曰:"寡人无疾。"扁鹊曰:"( )"让学生们填上。有位学生填:"走两步,没病走两步。"

高中时的一位老师言语非常幽默。有一次,他在给一个新生班讲课前说:"我知道我的讲演有时可能会很单调,很枯燥,甚至是无聊,我也允许你们在我讲课时不耐烦地看手表,但我决不能容忍你们把手表放在桌子上用力地捶它,看它是不是停了不走了!"

记得大学那会儿,学校旁边有一个豪华大酒店,上面有一个旋转餐厅!当时我们特别地向往,半年后,我们三个同学凑了两千块,想过去潇洒一次!没想到,到了旋转餐厅后,服务员特热情地对我们说:"自助火锅,28块一位。"

开心一刻,笑话乐翻天

★

某日,我们高中数学老师跟我们讲函数周期表时,讲到"周期"二字时激动地走下讲台,对着全班同学说:"你们还不了解周期啊,真的是猪都比你们聪明些。"然后他指着第一排的一个女生说:"你知道什么是周期吗?你跟他们解释一下。"全班晕倒。

★

少林寺的藏经阁失火了,烧毁了许多经书,方丈不禁失声痛哭起来。小和尚不知道方丈为何哭,便问:"方丈何患难忍啊?"方丈继续哭曰:"老衲痛经啊!"

★

天冷了,丈夫找毛衣,妻子说:"洗了一下,小了,送给我哥了。"丈夫又找毛裤,妻子又说:"洗了一下,小了,送给我弟了。"丈夫怒了:"你把我也洗一下,送给你妹吧!"

毕业后7年,总算接了个大工程,造一根30米烟囱,工期两个月,造价30万,不过要垫资。总算在去年年底搞完了。今天人家去验收,被人骂得要死,还没有钱拿。悲剧!图纸看反了,人家是要挖一口井!

小明数学不好被父母转学到一间教会学校。半年后数学成绩全A。妈妈问:"是修女教得好?是教材好?是祷告?……""都不是,"小明说,"进学校的第一天,我看见一个人被钉死在加号上面,我就知道……他们是玩真的。"

厨师亲切地对猪说:"你想被怎样吃掉?不要怕,畅所欲言嘛。"猪:"其实吧……我并不想被吃掉。"厨师:"你看,说跑题了吧?"猪:"……"

我认识不少演艺圈的朋友,有空了也去他们拍片现场看看。前不久去一个片场,导演正跟临时演员说话:"待会儿有场吻戏,你演不演?"那位临时演员特高兴:"演演演。"导演一回头:"场工,把狗牵过来吧!"

公孙策舞文弄墨之后，总会惯性地轻舔笔头，有时嘴唇便不免沾墨泛黑。展昭第一次看见时，神色古怪。"公孙先生，展某有一问不知当不当讲……""展护卫但说无妨。""您是不是刚亲了包大人？""……"

他擅长RAP，神情俊朗，形象健康，被领导多次接见！20多岁时已拥有最令人羡慕的国籍，全世界免签护照。30多岁，他驾驶宝马，带着两只宠物和一仆人，足迹基本遍布亚洲各个国家。每到一处都被无数粉丝围困，想跟他结婚的女人数不胜数；而男人，听到他名字恨不得吃他的肉。他就是唐僧！

在家里请客教程：请甲乙丙丁四人。给甲打电话：顺路买几个凉菜来，就差凉菜了。给乙打电话：顺路去饭店买两个炒菜，就差俩炒菜了。给丙打电话：顺路去XX饭店买个小鸡炖蘑菇（也可以是炖牛肉炖羊肉）。给丁打电话：顺路带几瓶啤酒过来，就差酒了。放下电话去厨房把米饭蒸上再做个汤。

大学有次愚人节晚上，宿舍全员带好身份证明上街，走了7条街终于找到了巡逻警察。面对面离警察大约还有30米时大喊一声"跑"，然后警察看见我们跑，就追了起来。百米速度跑了15分钟，实在跑不动了，被逮住。警察问我们为什么跑，我们说宿舍还有20分钟锁门，不跑就回不去了。

某宿舍内。舍长："我的香水不见了！你们快帮着找找啊！"众人："你还用香水？啥牌子的？"舍长："six god啊，我只用那个。"众人："牛啊，没听过啊，啥样子啊？"舍长："六神花露水，你们谁拿了？"众人："……"

★
男人焦虑地守候着即将分娩的老婆，只见护士欢喜连连地抱着三个婴儿走了出来，男人认真地看了看三个婴儿，郑重地对护士说："我要中间的这一个。"

一个老农夫，买来种子播下，到秋季竟然颗粒无收，因为种子是假的。老农决心一死，买来农药一瓶喝下，居然没死！因为农药是假的。一家人庆幸人没死，买来一瓶酒庆祝，结果全家人都死了，因为酒是假的。

大学一次英语六级考试，有一人作弊被监考老师发现，老师走过他旁边，留下一句话："这个我就不抓了，正确率太低了！"那位同学凌乱中……

一个MM在状态里写："有一个男人。他不是你的男朋友，也不是你的暧昧对象。可你们亲密无间，毫无顾忌。在所有人都不了解你的时候唯有他懂你。你们牵过手，一起看过电影。可你们从不接吻，从不亲口说我爱你。我想这就是蓝颜知己吧。"一兄弟留言道："蓝个屁啊！这不是你爸吗？"

甲："你知道上帝住在哪儿吗？"乙："住厕所。"甲："为什么？"乙："因为每天早晨我听见爸爸在敲厕所门的时候总是说：'上帝啊，你怎么还在里面？'"

小侄子6岁了。某日,嫂子带他去买玩具,出门前嫂子换了件刚买的衣服。侄子看到了说："妈妈，你这件衣服在哪里买的?真好看。

等我长大了……"说到这儿,嫂子以为他要说等他长大了给嫂子买衣服。结果侄子后面说的是:"给我媳妇也买一件。"

一天和同事散步,看到地上有一易拉罐,于是把罐子踹飞。看到罐子被踹得老高,就边扭着腰边对身旁的同事说道:"我矫健吗?我矫健吗?"过了好久同事才幽幽地说:"贱。"

超萌搞笑的笑话

上小学的女儿考了我十个问题,全答错了,汗颜啊!其中一个问题是:哪三种动物叠加一起最高?我说大象、长颈鹿、姚明。女儿说人不算。我说加上大蟒蛇,这三种站起来很高了。而标准答案竟然是:猪、母狼、马蜂,连起来是猪母狼马蜂——珠穆朗玛峰!

有一只公鸡,一只母鸡,一起在家看电视,母鸡怀孕了,突然肚子疼,对着公鸡说:"老公,老公,人家肚子疼,可能是胎动。"公鸡说:"你有病呀,你有个屁胎动,你那是蛋疼。"

看到一个电话打来,不认识的号码,就没理会。过了一会儿又打

过来,无奈就接了。那头是个女的,上来就说:"你刚才怎么不接电话啊亲……"当时我就兴奋了,脱口而出:"不好意思啊宝贝儿,刚才在想你想得出神,没注意。"那头接着说:"我是××保险公司……"

火车票比较难买,学弟放假前十天去车站买票,在排队时问售票员:"去上海的车还有没有啊?"售票员对着喇叭淡定地说:"车有,票没了。"

宿舍有一舍友,健忘,宿舍打热水要用学生卡,这哥们儿总忘带卡,后来他意识到这一点,每次打水总先看下有没有带卡。这天他又去打水,先摸下口袋,确认卡带了,然后打水去了。过了几分钟,这货屁颠屁颠跑回来了,长叹一口气,"哎呀,没带壶。"

和哥们儿开车去办事,在路口碰到警察,由于没系安全带被警察叫过去了。警察说不系安全带罚款五十,哥们儿听到要罚款忙跟警察解释道:"同志,不好意思啊,中午喝了点酒忘记系安全带了。"

一位哲学教授来到教室,一言不发地将他的椅子放到桌子上,转身在黑板上写道:"证明这个椅子不存在。"许多精神紧张的学生开始绞尽脑汁地酝酿论文,但有一位学生只写了四个字就将论文交了上去。教授看完论文后笑了,那张纸上赫然写着:"什么椅子?"

和男友去看《复仇者联盟》。卖票的:"我们这里有震动座椅,请问两位需要坐震动的还是普通的?"我问:"这椅子是根据剧情震,还是根据自己需要震?"卖票的:"……"男友一边拖走我一边说:"普通的就好。"

晚上回家,听到巷子有哭声,靠近一看,原来是一衣衫不整的女子在哭。问怎么了,女子答:"我被色狼侵犯了!"我:"没事吧?"女子答:"他突然从背后抓住我的胸部,然后就把我放了……"我:"那还哭什么呢?"女子答:"因为,那色狼居然说:'真倒霉,竟然抱到个男的。'"

年轻人不要老是上网，搞对象你就去新华书店。书店都帮你们分好类了。想找爱学习的去四六级区，想找有气质的去乐谱区，想找文艺的就去散文旅游区，想找时尚漂亮的你去美容杂志区，想找顾家的去菜谱美食区，想找聪颖的去经济金融区，想找年纪小的去教参区，连年级都分出来了。

上课时一同学在听歌，听到兴起不由自主跟着唱："一个人的夜，我的心应该放在哪里。"瞬间回过神来，摘下耳机发现全班行注目礼。老师淡淡地说："晚自习你来办公室就知道了。"

我是搞工程的，跟老婆算属于异地恋吧，每年就回家两三次，平时在工地上每天都会跟老婆网上聊天。话说有一天我坐在回家的列车上，问老婆现在心情怎样，老婆说现在的心情就好像是见网友……

为了防止我不好好学习，我爸在考试前把iPad藏起来了。据他说，当他找到这个绝佳的地方时，得意地笑了好久，"这回绝对找不到了！哈哈！"如他所料，iPad至今还没找到……

儿子:"爸爸,今天老师教我们万有引力定律了。"爸爸:"好,学得不错!近来可是大有进步啊!"儿子:"可是我想像牛顿那样做一下这个试验。"爸爸:"真的?有什么需要我帮助的吗?"儿子:"我需要一个大苹果。"

我去超市,发现超市里的人都是神经病;我去公园,发现公园里的人都是神经病;我去逛街,发现街上的人都是神经病……我去精神病医院,发现这里的人都是正常的。

最流行的爆笑段子

课堂上,老师说了一句话,同学们都哈哈大笑,我一时走神没听到,于是问前面笑得前仰后翻的同学:"快点快点,老师说了什么这么好笑啊?"前面同学回过头,一边笑得岔气一边断断续续地跟我说:"我也不知道。"

"今儿个虽与姑娘萍水相逢,却又好似哪里见过,但见得眉清目秀,身量娇巧,文艺范儿自然都是极好的,倘日后多与本王切磋,那便是再好不过了。方才在姑娘QQ空间看到姑娘写得一手好段子,本王甚是欢喜,私心想来若与姑娘共织网络情缘,倒也不负这大好时光!""说人话!""美女,我想加你QQ。"

找个肥仔做男朋友好,肉厚比较耐打;找个肥仔做男朋友好,冬天搂搂抱抱够暖;找个肥仔做男朋友好,一般都比较温柔;找个肥仔做男朋友好,不抢手不会和别的女人走;找个肥仔做男朋友好,和他在一起比较显瘦;找个肥仔做男朋友好,够大只有安全感。

某博士的毕业答辩会上,一个评委抱怨说:"你这论文写的什么啊,我看了3天都没看懂!"博士暴怒道:"这篇论文我写了3年,你才看了3天居然就想看懂,你当我在写小说啊?"会场一片寂静,遂全票通过答辩。

这什么世道——上星期气温很高,我在自家花园里脱光了晒日光浴,我的女邻居打电话报警,结果,我被当作暴露狂抓进了局子……今天,我发现她也一丝不挂地在花园里晒日光浴,作为报复,我也打电话报警,结果,我被当作偷窥狂再次抓进了局子……

朋友问:"为什么懒羊羊脑袋上要顶一坨屎?"

我:"为什么你觉得那是一坨屎,而不是冰淇淋呢?"

朋友:"因为冰淇淋我吃得比较少!"

我呆了:"难道你吃屎比较多吗?"

客户:"这个图下班之前必须发给我!"设计师:"好的!"第二天清早。客户:"图怎么还没发过来?"设计师:"我还没下班呢……"

妈妈语重心长地对女儿说:"从小你就不聪明,累死累活的才考上个大学,毕业后还找不到工作,现在司机要男的,编辑要男的,会计要男的,连秘书也指定要男的,妈实在为你操碎了心啊。"女儿:"呜呜呜……"妈妈一抹脸,坚定地说:"所以趁现在老婆还能是女人,赶紧上岗,要不然过两年……"

学校某女生宿舍门口很高的树杈上有只野猫,很多女生围观。几个粗壮的男生费了好大力气才把猫"救"下来。有人疑问:"猫不是会爬树吗?也应该能自己下来吧?"旁边一同学淡淡地说道:"醉翁之意不在酒,就是个猴子也得救下来!"

一个小男孩拿着一张假钱走进了玩具店,准备买一架玩具飞机。服务员阿姨说:"小朋友,你的钱不是真的。"小男孩反问道:"阿姨,难道你的飞机是真的?"

今天,去银行排队,前面一妇女抱着孩子,孩子调皮,玩着玩着把鞋甩掉了,我正弯腰准备帮忙去捡,不料孩儿他娘说了一句:"你再把鞋掉了,傻子会捡走的!"你说我弯下的腰该怎么办?后边一长溜的爆笑眼神!

补充句子练习:"我从……出来。"一学生写道:"我从天上出来。"老师不解,问道:"你为什么从天上出来呢?"学生严肃答道:"我属龙的。"

据说玩微博时间久了,说话都会成这个样子:"亲,尼玛坑爹有木有?"

"你妹啊!"

"亲,腐女不给力啊!"

"猫了个咪的,去屎!"

"亲,你太可耐了!"

"爆你菊花!""亲,老湿是好淫!"

"我勒个去……"

"亲,肿么了?"

"宅男宅女伤不起……"

"亲,你懂的!"

"尼玛羡慕嫉妒恨!"

"亲,笑屎我了。"

 老师说:"二维空间一般指平面,三维则是指较立体的,哪位同学知道什么叫'三维'?"某生答:"胸围、腰围和臀围。"

超级有趣的幽默短笑话

小时候上幼儿园,老爸老妈和奶奶轮流来接我。但是他们经常误以为对方会来接我,因为不住一起。一次,很晚了,还没人来接我,我一个人抓着大门眼巴巴地看着回家的路,结果居然看到老爸老妈出来散步,老妈看到我,还和老爸说了句:"那小孩真像我们的儿子。"

女儿两岁时,一次不小心把他爸心爱的钧瓷花瓶报废了,怕怕得很,等他爸回来,她迎到门口,弱弱地说:"爸爸,你最喜欢你的宝贝女儿还是你的宝贝花瓶?"他爸抱着她说:"当然是我的宝贝女儿了!"女儿高兴地玩去了。然后他爸在垃圾桶里看到了花瓶,凌乱了。

说起遭遇电话骗子,有几个人能有我们前台美女姐姐的胆色!那天又是一电话,接起来对方说我们是公安局,有一个你的包裹里面发现有毒品,请速与我们联系……话没说完姐姐拍案而起:"我的货你们敢截?哪个支队的?把你们队长给我叫来!"对方啪嗒一声摔了电话。

一个学生手持请假条去班主任那儿请假,以手指喉咙,意思是喉咙哑了,需要请假休息。班主任开始给学生讲道理,希望学生能带病坚持学习。啰嗦了好半天,学生急了,直着嗓子喊出来:"老师你到底准假不准假?我装了这么长时间,憋得慌。"声音特洪亮。

因为萝丝跟杰克在甲板上打啵儿,所以负责观测的船员去看热闹了,所以他们错过了及时发现冰山的十几秒钟,所以泰坦尼克号撞了冰山,所以最后杰克死了。这个故事告诉我们:秀恩爱的,都得死。

我们领导长得个子矮小,留着小胡子,有一次我和领导坐飞机去外地,登机时,美丽的空姐对每位刚进机舱的乘客说你好,到我们领

导这儿时，深深地瞅了一眼，说了句："空尼叽哇。"领导一愣，用标准的东北话说："俺是东北银。"空姐愕然。

有一人喝多了，酒后驾车，差点儿撞大树了。警察问他："怎么了？"他说："这事不怪我，跟我一毛钱关系都没有，我在那儿正常驾驶，有个傻子开着大树朝我撞过来了。"

怎么样让蚊子不叮我们呢？答：在身上涂点油，蚊子蹬上去就会滑掉。身上涂点胶水，就把蚊子粘在上面了。放《摇篮曲》，蚊子就去睡觉了，就不会咬人了。

我师父，以前在乡下相亲结婚。洞房才见第一面。第二天他遇到他姐，他姐自行车后座上带了个人，他和他姐打了个招呼就走了。后来回家后他问他姐："刚才路上看到你载的是谁啊？"他姐姐一脸惊恐地回答："我载的是你老婆啊。"

一个男性朋友说，自从他几年前知道很多女人出门前才洗头，他就不相信这个世界了。我嘤咛一声，嫣然一笑。男人好脆弱，如果他

们知道了很多女人酷酷地戴着帽子只是因为头皮一片油,穿着丝袜只是因为腿毛懒得刮,戴着墨镜只是因为不想化眼妆,他们可怎么办啊?

一只鸟饿得饥肠辘辘,它看见一只河滩上的虾,慢慢靠近虾,并用力啄虾,虾毫发未伤。虾说话了,带着蔑视的口气说:"鸟是吃小昆虫的,你也敢碰我们虾兵蟹将。"鸟慌忙说:"我向你投降了,我是菜鸟,你是大虾,如有得罪,多多包涵。"

狗在花园大哭,猫问它为什么这么伤心,狗说:"考古学家在主人的花园里发现了大量生物骨头,说可能是史前生物留下的!"猫:"这跟你有什么关系?你怎么这么伤心?"狗哭道:"那些都是我的私房钱啊!"

老公吐着烟圈儿,慢悠悠地说:"想必我是世界上最爱干净的人了。""你?"我震惊,"你爱干净?别开玩笑了!"老公:"爱一样东西,不一定非要得到它。而相反,越是得不到,内心就越是热爱呀。"

某女减肥，本来说好晚上不吃饭，后来勉强自己买了一个面包。觉得太甜，又买了两根烤肠，觉得胃太酸，又下去买了一包苏打饼干，吃完觉得太干，又去下了碗方便面，吃完觉得太咸，又买了一瓶红茶。想到今天要减肥，准备下去买包酸奶喝喝。

记得以前小时候写作文，扶完老奶奶过马路后，老奶奶总会问："谢谢你，小朋友，你叫什么名字？"我说："我叫红领巾。"现在的小朋友写作文不一样了……扶完老奶奶过马路，老奶奶捡到地上的红领巾后叫住小朋友："谢谢你，小朋友，你的红领巾！"小朋友回头一笑："是你的红领巾。"

公司新来的秘书做事特别细致认真。第一天上班，他打扫一个鸟笼用了一个小时，清洗一个鱼缸用了两个小时，然后他问老板，还有什么事要做。老板说："你带乌龟散散步去吧！"

一80后夫妻有了个可爱的宝宝，老婆每天都很用心地教导孩子叫"爸爸"，老公大受感动，认为太太真好，先教孩子叫爸爸，而不是叫妈妈，觉得真幸福。在一个寒冬深夜，孩子哭闹不休一直叫爸爸。此时夫妻俩睡得正香，老婆推了推老公说："你儿子一直在叫你，快去。"这时老公才明白。

小明经常编一些理由逃学。有一天,住在外地的祖母来到学校,对老师说:"我想看一看小明上课的样子,他一定很可爱吧?"老师微笑着说:"很抱歉,今天不行,他请假参加您的葬礼去了。"

真是乐死人——超萌的笑话

 老师问学生:"人生自古谁无死,你接下一句。"学生答:"有谁大便不用纸。"老师很生气,叫学生罚站。这时,老师看见窗外下着雪,就遗憾地说:"上天下雪不下雨,雪到地上变成雨。变成雨时多麻烦,为何当初不下雨。"学生说:"老师吃饭不吃屎,饭到肚里变成屎。变成屎时多麻烦,为何当初不吃屎。"老师当场晕倒。

 当一个吃货对另一个吃货说"我们一起去吃点啥"的时候,一种天然的默契就会像烟花一样在他们的头顶绽放,两双满含"口水"的眼睛闪闪发亮。对视,只等另一个吃货兴奋地说道"听起来就很好吃呢"时,默契达到高潮,然后两人手拉手出门,场面的感人程度堪比

婚礼。

一名男顾客在餐厅吃饭,当他吃完要求结账时,老板拿来的账单让他大吃一惊。"3万元太贵了吧!"他说,"你们对同行应该打个折吧?"老板说:"原来你也是开餐厅的?"他说:"不是,我是抢钱的。"

坐公交时一个年轻的妈妈带着两个小萝莉。一上车两个小萝莉就在不停地对话,很可爱。其中一个说:"我要是有魔法就把爸爸妈妈变成妖怪。"正琢磨这小姑娘看着可爱怎么这么损呢,只听那小萝莉随后说:"然后我就抓唐僧给他们吃,他们就不会老了。"

小学时上课我埋头在下面玩一个刚摘的葫芦。玩得正起劲儿呢,老师说:"某某,你给我站起来,说说刚才我讲的是什么?"结果我不知道哪根筋抽了,直接把葫芦举起来,口儿对着老师说:"我叫你名字一声,你敢答应吗?"后来是家长来学校把我领走的……

儿子向我提了一个他觉得应该很简单的问题,结果我硬是答不上来。接着悲剧了,他看着我,叹了一口气说:"这么多年来,我一直以为你虽然看上去大大咧咧,其实是大智若愚、深不可测、包容一切的人,原来是我想多了。唉,后悔这些年我顾虑太多了……"

小学有个同学,美术课只拿出了寒碜的7色的彩笔,在一众装备48色和72色的小同学的注视下完成了一幅类似《清明上河图》的神作。当我们纷纷被折服得借高级装备给他用时,他沉默了一会儿,幽幽地说:"我驾驭不了那么多颜色。"

一次数学课,我没认真听讲。老师快过来了,我急忙用悄悄话那样的声音问后座一哥们儿:"哥们儿,哪一页?"那哥们儿相当淡定地告诉我:"你没有拒绝我。"我又一次小声地问:"哎!哪一页?!"然后,他告诉我:"我伤害了你。"我的天!当我是在和他对歌吗?

爸爸问儿子:"你最爱爸还是妈?"儿子答都爱。爸不甘心,问:"如果我去美国,妈去巴黎,你去哪儿?""巴黎。""为什么?"儿子答:"巴黎漂亮。"爸又问:"那我去巴黎,妈去美国呢?""那当然去美国。"儿子回答的理所当然,爸失落地说:"为啥总跟妈走?"儿子一脸坦然:"巴黎刚才去了。"

我从小有个习惯，就是吃饭总会吃得一点不剩。一次和朋友各点了一份酸豆角炒饭，朋友胃口小只吃了一半就饱了，我却一直吃到盘子光光。结账的时候，老板在饭桌旁看着朋友的盘子说："你的酸豆角炒饭，五元。"之后他看着我的盘子，皱了皱眉头问："你吃的啥？"

去停车场取车，发现车头灯被人撞坏了，而且还有不少划伤！附近没见肇事车辆，但是还好，雨刷下压着一张纸条，是肇事者留下的。我拿起来，见上面写着："抱歉，倒车时不小心撞了你的车灯，现场目睹的人看到我留这张字条时都对我点头面露微笑，他们以为我在写姓名和电话号码给你，可是我没有……"

甲每天都到乙家串门，乙家的狗开始几次总是对甲叫，后来一声也不叫了。甲："你家的狗真懂事，这么快就认人了。"乙："我从来就没向它介绍过你。主要是你来得太勤，狗都懒得理你了。"

一个县长被免职了，气成了植物人，被送到医院。医生诊断后说："给他念个官复原职的通知，兴许就好了。"县长妻子想："既然要念，干脆念个厅长，让他高兴高兴。"哪知县长一听挺身而起，大笑气绝身亡。医生遗憾地说："不遵医嘱，擅自加大剂量。"

一只熊抓住了一条大鱼回家,熊对鱼说:"你自己选择一个死法吧,然后让我吃掉你。"鱼说:"说什么死法,让我死得舒服点就好。"熊说:"你是让我电死你再吃掉你,还是让我淹死你,还是让我烧死你,你自己选择吧。"鱼说:"那还是淹死我吧。"

爆笑雷人语录

★

女人挺难：漂亮点吧，太惹眼；不漂亮吧，拿不出手；学问高了，没人敢娶；学问低了，没人要；活泼点吧，说你招蜂引蝶；矜持点吧，说你装腔作势；会打扮吧，说你像个妖精；不会打扮吧，说你没女人味；自己挣钱吧，男人望而止步；让男人养吧，说你傍大款；生孩子吧，怕被老板炒鱿鱼；不生吧，怕被老公炒鱿鱼。唉，做女人真难！

★

和老婆吵架，她非常伤心，痛哭流涕，我束手无策，但4岁的女儿突然说了一句话我们都笑疯了："妈妈，你别哭了，老公还不是你自己找的，怪谁啊。"

有一天,小明上语文课被老师点名回答问题,小明不知道答案,但是又不好意思说出口,就一直站在座位上,老师看不下去了,说:"小明你知道吗,不管怎样,好歹你吱一声啊!"小明双眼一亮,道:"吱!"

一对小夫妻新婚不久。妻子向丈夫埋怨:"爸妈太着急了。你妈昨天又提生孩子的事,说她想早点抱孙子。"丈夫说:"妈在这事上是急了点,但爸从来都不多说什么呀。"妻子撅着嘴说:"爸嘴里是没说什么,但他整天抱着本《孙子兵法》在我面前晃呢。"

警察抓到一个正在作案的罪犯。罪犯:"我没有罪,因为我只不过是被人利用的工具而已,而工具是没有罪的!"警察:"你说你是被人利用的工具是吗?"罪犯:"是的!"警察:"那好,请你跟我走一趟!"罪犯:"为什么?我没有罪!"警察:"你别激动,按照我们的法律,作案工具是要被没收的。"

今天一直打嗝,一个人去楼下快餐店吃饭,对面一五大三粗的猛男,我一边打嗝一边吃,突然,对面那男的猛地拍了一下桌子,怒视着我,我被震住了,对视了得有十秒,我冷汗都下来了,打架我肯定不是他的对手啊!人家胳膊比我腿粗!然后大哥说话了:"嗝好了吧?我以前就是这么治的……"

★ 科长海边度假回来，脸色晒得黝黑。今天，他回到单位，刚进办公室，小刘就奉迎地说："科长您度假回来看起来更稳重了。"小白："更显公仆本色了。"这时美女小娜开口了："领导，您的牙比以前白多了。"

★ 患者说："大夫，我最近越晚越有精神，像只夜猫子；常常吃个不停，像只饿狼；走路时疑神疑鬼，总是要回头看看有没有人跟踪，像只狐狸。你说我得了什么病，能治得好吗？"大夫说："你还是到兽医那里去看看吧。"

★ 爸爸在玻璃厂工作，干活都得戴手套。一天下夜班，他坐出租车回家。当车子经过一片郊区的小树林时，凉风袭来，爸爸觉得有点冷，就掏出手套戴上。司机从后视镜里看见了，惊恐地问："兄弟，你在干什么？""哦，习惯了，每次干活前都要戴手套，这样既不会割伤自己，又不会留下痕迹。"司机当时脸都绿了。

★ 两个美女在电梯里谈论什么化妆品的美白效果最好。与此同时，还有一个黑人男子在旁边默默地听着。突然黑人男子对两个美女说道："没用的！我试过了，都没用的！"

★ 坐动车，在车厢过道里遇见一小孩，一个人迷茫地走着。乘务员

就问他:"小朋友,是不是找不到爸爸妈妈啦?很害怕吧?"小朋友抬起头,一副有爱纯洁的表情:"我不害怕,只是有点恐慌。"未来的淡定帝!

一天地理老师问同学们:"河水向哪里流呀?"一学生猛站起来唱道:"大河向东流啊。"老师没理会他,接着说:"天上有多少颗星星啊?"那位同学又唱道:"天上的星星参北斗啊。"老师气急:"你给我滚出去!"学生:"说走咱就走啊。"老师无奈:"你有病吧?"学生:"你有我有全都有啊!"

读高中时,宿舍几个人一起去通宵,我们翻围墙的时候,围墙外面全是菜地,我们全都跳下去了,可是一兄弟不忍心踩别人家的菜,就找了一个铺着一张薄膜的地方着陆了……没想到,下面是一个粪坑!

我一个朋友在荷兰留学,iPhone4S刚刚上市的时候,他想去淘一台,就去了当地最大的一家苹果店。等到了地方,才发现店员鸟都不鸟他,自己主动去问店员还是爱搭不理的。结果朋友怒了,一气之下把店里柜台上所有的苹果产品系统语言设置成中文后扬长而去!

大学图书馆,忘带笔了,遂问同桌的一个美女借了支笔,走时还她,说了句谢谢。哪料到美女来了一句:"你不问一下我的电话号码

吗?"事发突然,不知如何是好,憋出一句:"你银行卡号多少?"只见美女脸都绿了。

　　天刚黑时路过一居民小区,本人小女子,对面走来一肌肉猛男,忽然开始咳嗽,接着又过来四五个男的,也统一咳嗽。我顿时有些紧张,他们在对暗号?不会要抢劫吧?该不是劫色吧?我有点怕怕,又不敢跑,直到我走到他们开始咳嗽的地方,我也咳嗽了,谁家炒菜放辣椒那么呛!

让你捧腹的欢喜段子

一男子在英国观光时突然内急,他赶紧去公厕解决,搞定出来,却发现一群人看着他。他这才发现,原来慌乱间进了女厕。"我糗了!但不能给咱中国人丢脸啊!"他立刻一脸堆笑,一个90度鞠躬,大喊一声:"撒由那拉!"然后便走了,围观老外皱着眉头表情厌恶地嘟囔:"Oh, shit, Japanese!"

男人带女友逛商场,女友看中了一支口红,男人嫌贵,就说:"你不涂口红更好看,这叫自然美。"女友大为不满,说:"幸好我没让你买衣服,不然你一定会说我不穿衣服更好看,那叫人体美。"

女朋友出差,告诉我,她买了一件性感睡衣。我说:"想你啦,给我发张近照吧。"女朋友问我是穿着照还是脱了照。我大喜,答:"脱了照!"第二天,我收到一张挂在衣架上的性感睡衣照片……

　　有一个人叫真啰嗦,娶了个老婆叫要你管,生了个儿子叫麻烦。有一天麻烦不见了,夫妻俩就去报案。警察问爸爸:"请问这位男士你叫什么名字?"爸爸说:"真啰嗦。"警察很生气,然后他又问妈妈叫什么名字。妈妈说:"要你管。"警察非常生气地说:"你们要干什么?"夫妻俩说:"找麻烦。"

　　一只猫捉住一只老鼠,正要大开杀戒,老鼠突然说话了:"猫大哥,求求您放了我吧。我会告诉您一个天大的秘密!"猫问:"什么秘密?你快说!"老鼠说:"我发现您太太跟某某的关系不正常!您放了我,我就告诉您它是谁。"猫很生气,狠狠地给了老鼠一口:"小样儿,还敢骗我,老子都离婚好几年了!"

　　有个不务正业的男青年迷上了一位漂亮姑娘,并频频向她求婚。姑娘见躲不过他,便不屑地说:"想要我嫁给你,除非天上没了太阳和月亮!"男青年听了,高兴地抓住姑娘的手:"你的意思是,只要一阴天,你就嫁给我?"

医生说:"去给那位今天要出院的病人注射一针镇静剂。"护士不解:"都可以出院了,还打镇静剂干吗?"医生说:"等下要结账,我怕他受不了。"

生完宝宝,体重再也没下去,漂亮衣服都穿不了。看别的同事穿牛仔裤那身材,羡慕,于是下决心减肥。多月努力,感觉身材有所苗条。于是,怀着惴惴不安的心情拿出了牛仔裤,并试穿。没想到我竟然穿了进去。我激动地对老公说:"真的瘦了,竟能穿下牛仔裤了。"老公看了看我:"你为什么要穿我的牛仔裤?"

老婆:"鱼香肉丝味道怎样?"老公:"一般吧。"老婆:"烧茄子呢?"老公:"还行。"老婆:"那麻婆豆腐呢?"老公:"凑合吧。"老婆:"你说个好字能死啊?"老公:"米饭好硬。"

一家三口在沙发上看电视,父亲渴了,叫3岁的儿子倒杯水过来,儿子吭哧吭哧地从沙发上爬下来,又吭哧吭哧地走了出去。不久,又吭哧吭哧地抱着杯水走了回来,父亲接过杯子喝了一口,表扬了儿子。母亲问:"他那么矮,从哪儿能弄到水?"父亲苦思良久,痛苦地得出结论:只有马桶!

小白兔:"快问我,快问我,你是小白兔吗?"大灰狼:"你是

小白兔吗?"小白兔:"对啊对啊,我就是小白兔。"小白兔:"快问我,快问我,你是长颈鹿吗?"大灰狼:"你是长颈鹿吗?"小白兔:"你傻啊,我不告诉你我是小白兔了吗?!"大灰狼:"……"

一位律师在案子终结时做总结发言,他说真正的罪犯可能会走进来。所有人都扭头看法庭后门。律师说:"看来你们对当事人是否有罪心存疑虑。"结果,该律师胜诉。但这个伎俩并不总是奏效,另一个律师如法炮制,却败诉,百思不得其解。事后,一个陪审团成员解释说:"因为当时只有你的当事人一人没有回过头去。"

我们班有一个女生和一个特别老实的男生开玩笑说:"你看,我的皮肤就像剥了壳的鸡蛋。"那男生沉默半晌,特别认真地说出一句话:"是茶叶蛋吧!"

入学的时候,全班自我介绍。一男同学走上讲台:"我叫尤勇,来自北京,我爱下棋!"说完就下去了,下一位是个女生,该女娇羞地走上讲台,忐忑不安地自我介绍:"我……我……叫夏琪……我喜欢游泳……"全班晕倒!

男:"你又怎么了?"女:"……看来你真的不懂我。"男:"你怎么了?你讲啊!"女:"我以为你懂的。"男:"你要讲出来我才知道我懂不懂啊。"女:"不懂的人讲了也不会懂,懂的人根本

不需要讲。"男："你不讲我怎么知道啊！"女："有些东西不需要讲。"男："……"

对面坐了一对情侣，男生不好看，女生长得还挺文静。女生跟男友说："今天我看见×××男友了，丑死了。"男生说："比我还丑吗？"这时我跟媳妇都以为女生会安慰他，说句"老公你不丑"之类的，三秒后，女生说："跟你不是一个丑法。"

昨天去表弟家，一段时间不见，他家的仙人球突然大了不少，很疑惑。阿姨看到了，说："别看了，这盆是昨天刚买的。"我问："之前那盆呢？"阿姨幽幽地说："被你弟当牙签用完了。"

一天，老妈同事在接待客户，拿着那客户手写的一张单子，瞅了好久，弱弱地问："木棍，你叫木棍？"那客户脸都绿了，回："我叫林昆！"然后整个办公室在3秒内一片静寂……接着狂笑……

一衰哥花十万买了个西周陶罐，送到《鉴宝》栏目进行鉴定。专家严肃地说："这哪儿是西周的？这明明是上周的！"

放假了，爸爸对儿子说："爸爸带你去爬长城吧。"儿子想了想说："算了，还是别去了，爬一趟长城得掉好几斤肉。现在肉价这么贵，还是省省吧。"

近日持续高温，记者采访市民。问一黑人："你能说说是上海热还是非洲热吗？"黑人回答："我再强调一遍，我不是非洲的，我是在上海晒黑的！"

小张来到一家复印店复印身份证，他掏出身份证和一张百元钞票放在柜台上："你好，我想复印，不过我只有一张百元钞票，你们印不印啊？"服务人员一脸严肃："我们不复印人民币，有身份证也不行。"

丈夫抱回家一台吸尘器，兴奋地对妻子说："我为你买了世界上最好的吸尘器。"说着，他把咖啡末、烟灰等撒在客厅的地毯上，"不信你看，只要我手一按钮，这些垃圾立即无影无踪，否则，我把它们吃下去。"妻子听了，平静地说："看来你非吃不可了。""绝对不会！""会的，因为今天停电。"

某人骑车，听见一个路人在狂吼："Go，Go，Go……"心想，我也会唱："奥来奥来奥来……"话音未落，一头栽进沟里。路人骂道："告诉你沟沟沟，你还骑？！摔死活该！"

老师说:"小晶,你能说出你妈妈今年多大了吗?"小晶说:"妈妈今年5岁了。"老师笑着说:"小晶,难道你妈妈和你一样大?"小晶说:"是的,我妈妈亲口对我说过,她是从我出生那天开始当妈妈的。"

　　今天化学老师讲了一真事儿。有一老太太去镶了一颗金牙,结果从此天天头晕。一检查才发现她嘴里还有一颗用铝补的蛀牙,俩金属放一块儿成一原电池,整天满嘴电流能不头晕吗?!

　　老婆:"你们单位有没有小伙子?"老公:"有呀,干嘛?"老婆:"有好事,我认识个女孩,想找个男朋友。"老公:"什么样的女孩?"老婆:"岁数有点大,长得有点胖。"老公:"恐怕有点难,她要什么条件的?"老婆:"女孩说了,千万不要我老公这样的。"老公瞬间石化。

让你忍不住大笑的雷人糗事

老师在批改作文《我的老师》时,发现这么一段:"……老师,您就像辛勤的园丁,送走了一庙又一庙学生,现在又在送我们这一庙……"原来该生将"届"字错写成了"庙"。老师批注:"等送走你们这一'庙',我就不当园丁,改当方丈了。"

两个朋友去下馆子,半路上打赌:吃鸡的时候,谁能吃到鸡屁股谁就算赢家,由输家请这顿饭。到了饭馆,眼看上菜就要上鸡了,甲装作帮忙接菜,顺手就把鸡屁股塞进嘴里。他把菜端上桌,乙赶忙拿着筷子在盘里划来划去,找鸡屁股。"别找了。"甲指着自己的嘴说,"鸡屁股就在这里。"

有一个小朋友问一个富翁："先生你为啥那么有钱呢？"富翁说："小的时候我跟你一样什么也没有，爸爸给我一个苹果，于是我就把那个苹果卖了，用赚到的钱再买两个苹果，然后再卖了买四个苹果。"小朋友若有所思地说："先生我好像懂了。"富翁先生说："你懂什么啊，后来我爹死了，我继承了他所有的遗产。"

吃饭的时候，一人说去方便一下，老外不解，旁人告诉他方便就是上厕所。敬酒时，另一人对老外说："希望下次出国时能给予方便。"老外纳闷不敢问。酒席上，电视台美女主持人提出，在她方便的时候会安排老外做专访。老外愕然："怎么能在你方便的时候？"美女主持人说："那在你方便时，我请你吃饭。"老外晕倒……

公司的前台美女哭着要辞职，同事们很奇怪："做得好好的，干嘛辞职啊？"美女怒道："我也不想辞职，但是公司有个王八蛋叫'岳京'，总是迟到！"经理劝道："那你也不至于辞职啊！"美女继续道："他迟到不要紧，问题是每天都有人问我'岳京'来了没有？我真受不了了。"

一男子想跟妻子离婚，但又害怕伤害到3岁的女儿。于是哄着女儿说："妈妈老了，不漂亮了，给你换一个妈妈好不好？"女儿想了想，说："才不呢！你妈那么老，为什么不换你妈！"

甲:"听说药厂厂长因生产假药畏罪服毒自杀,送医院抢救去了?"乙:"是的,但没有死。"甲:"一定是抢救得及时。"乙:"他服的是假药,不需要抢救。"

一修电线工人在电线杆上作业,突然,一只松鼠跑进了他的裤裆里,他忍了。不一会儿,又一只跑了进去,他也忍了!后来他从电线杆上掉了下来……领导问为什么,他说:"一只进了,我能忍,两只来了,我还能忍!只是,它们说的话我忍不住了!它们说:'果子一人一个……'"

一个酒徒因酒量失调而影响了肝脏功能,到医院检查时,医生对他说:"为什么不自我约束一下呢?譬如事先在酒瓶上画线,绝对不超过这一条线,这样不是很好吗?""是啊!这种办法我也实施过,"病人很沮丧地说,"可是,画线的地方远得很,还没有喝到那地方,我就已经醉得不省人事了!"

有一天上课，老师问小丽："祖国是什么？"小丽说："老师，祖国是我的母亲。"老师说："回答得很好。"接着老师又问小明："小明，祖国是什么啊？"小明说："老师，祖国是小丽的母亲。"

老师说："猪是一种很有用的动物，它的肉可以吃，它的皮可以做皮革，它的毛可以做刷子，现在有谁说得出它还有其他用途吗？"一个学生站起来答："它的名字可以骂人。"

有个美国牛仔到澳大利亚旅游，跟当地人吹嘘："我们在德州养的牛，长得比人还高几个头，粗壮得十几个人手拉手也没法围住它！"这时有一大群袋鼠飞快地跳着越过他们眼前，牛仔忍不住好奇地问当地人这是什么，当地人一派轻松地说："这只是一群我们本地土生土长的'蚱蜢'。"

某人右眼球是假的。一天，他去医院检查视力，试完左眼，大夫说："一点零。"让他试右眼，他说："不用试了，就比左眼差一点。"大夫强制试了右眼，结果视力为零。大夫气愤道："右眼视力明明是零，你怎么能说只比左眼差一点呢？"他说："一点零减去一点，不就是零嘛！"

一MM清早出去锻炼，那时天刚蒙蒙亮，四处还静悄悄，突然，从对面跑来一壮男,见到MM就凶巴巴地问:"站住!干吗去?"MM怕遇到歹人,不想被劫财,遂可怜巴巴道:"去借钱……""借钱去干吗?"壮男依然凶巴巴地问。MM又怕被劫色,曰:"得了性病没钱治……"

某领导对一女孩耍流氓,女孩强烈反抗,领导骂道:"小妞,别闹了,我可是有背景的人!"女孩一听,顿时笑了:"大叔,别闹了,我可是有微博的人。"

见个不知道名字的新客户,到了客户公司亲切握手,对方便自我介绍:"你好,我叫曾宪春,叫我……"还没等客户说完我就热情地问候道:"曾哥好!"刚说出口一想,不对劲啊,接着又改口说:"春哥好!"又一想,还是不对啊,正当我无比纠结的时候,客户内牛满面地说:"叫我宪哥好了……"

"巾"对"币"说:"你戴上博士帽就身价百倍了。""臣"对"巨"说:"和你一样的面积,我却有三室两厅。""晶"对"品"说:"你家难道没装修?""自"对"目"说:"你单位裁员了?""办"对"为"说:"平衡才是硬道理。""兵"对"丘"说:"看看战争有多残酷,两条腿都炸飞了。""占"对"点"说:"买小轿车了?"

俺曾经在银行前台工作。有一次有人拿汇款单说要汇款,收款人姓名栏上竟赫然写着"驴"!我认定这是一个故意来找茬的,把汇款单丢出去说:"先生,汇款需要填写对方的真实姓名,您这个样子,我没法汇的!"他一脸黑线地说:"这就是真实姓名,他姓'马'叫'户',不叫'驴'。"

一位太太正在高兴地试穿新买的皮大衣。她儿子不高兴地说:"妈妈你有没有想过,你的快乐是建立在一只野生动物的痛苦之上的?"那位太太大声叫道:"你怎么能这样说你的父亲?"

不雷不舒服,爆笑雷翻天

这些专业的女生都娶不得:表演系:你会不知道是在生活还是在演戏。摄影系:在你睡觉的时候打上探灯,给你拍一组最另类的写真。美术系:每天要你当裸模。经济系:她会榨干你身上的每一分钱。化学系:小心吵架的时候硫酸让你毁容。政法系:离婚分财产说不过她。物理系:听说马桶上接电线杀人就是她们干的。

大街上遇到一个四五岁的小女孩,走着走着整个人呈大字形摔倒了!我本来想投去心疼的眼神,结果小妹妹脱口而出的一句话雷到我了。她迅速地爬起来,拍拍双手,说:"还好没死。"这小妹妹,你不要这么励志好吗?

妈妈看见爸爸翻箱倒柜找东西,就问小真:"你爸爸在找什么呢?"小真疑惑地说:"不知道,可能在找你,也可能在找奶奶。"妈妈不解。小真接着说:"因为他一边找一边说:'奶奶的,真他妈的不好找。'"

奶奶去世早,爷爷寂寞地过了十几年孤单日子。现在快九十了,整天念叨不想再活了。有一天他竟弄了张"遗照"挂奶奶遗照旁边了。家人都拗不过就随他去了。一日同学来玩,看见照片问是谁,我说是爷爷奶奶。赶巧爷爷从里屋走出来,默默出门了。一阵沉默,同学惊恐地问:"你刚刚有看到吗?!"

一天晚上，宝宝忽然撅着嘴向妈妈抗议："妈妈，你好小气！""哦？妈妈做错什么啦？"妈妈望着宝宝，眨眨眼，做出一副诚心诚意的样子。宝宝把手一指，大声说："妈妈，你看……外婆生了你……你这么大……可是你生了我……生得这么小……你太小气啦！"

家里请了个新保姆。晚上男主人吩咐保姆说："记住，我和孩子他妈每天早晨七点钟吃早饭，你要……"保姆连连点头说："哦，我知道了，到时候你们先吃吧，不用等我，我要睡到八点钟再起床。"

老师："什么叫人走茶凉？就是你现在在学校里看见我还能客气地叫我一句：'老师好！'十年以后你再回来，看见我就会说：'哎呀，死胖子还在这儿啊？'"

一个人骑摩托车喜欢衣服反穿，可以挡风。一天他酒后驾驶，一头栽在路旁。警察赶到。警察甲："好严重的车祸。"警察乙："是啊，脑袋都撞到后面去了。"警察甲："嗯，还有呼吸，帮他把头转回来吧。"警察乙："好……1、2使劲，1、2使劲，转回来了。"警察甲："嗯？没有呼吸了……"

甲:"教女孩子游泳,用什么方法才好?"乙:"首先,用左手轻轻揽住她的腰,再拉着她的右手,然后……"甲:"可她是我妹妹啊。"乙:"哦……那就从池边把她推下去就行了。"

儿子喜欢学打呼噜,老婆就吓唬他说:"男孩子打呼噜,小心将来没有女孩儿肯嫁你。"儿子不甘示弱:"骗人,那你怎么嫁给我爸了?我爸打呼噜比我还响!"老婆赶紧辩解:"早知道你爸睡觉打呼噜,我才不嫁给他。"不想儿子一语惊人:"妈妈,那你就不能嫁给爸前先跟爸睡上一觉?"

教授问一学生某种药每次口服量是多少,学生回答:"5克。"一分钟后,他发现自己答错了,应为5毫克,便急忙站起来说:"教授,允许我纠正吗?"教授看了一下表,然后说:"不必了,由于服用过量的药物,病人已经不幸在30秒钟以前去世了!"

某学校开展了一个家庭问题讨论课。在一个教室里,教师问学生:"你们认为要消除家长与学生不和的现象,最好的办法是什么?"一个同学大胆地站起来,对老师说:"最好的办法是:您在我

的学习成绩单上全填上100分。"

天太热,喝完一瓶啤酒,我还想喝一瓶。老婆不同意,儿子便说:"妈妈,你就让爸喝吧,天太热。"我高兴地说:"还是儿子好,向着爸爸。"儿子说:"妈妈答应把卖酒瓶的钱给我当零花钱。"

毕业前,学生给老师送小礼物表达谢意。查理的老爸是卖酒的,他带来一个大盒子,老师看到盒子在漏液体,就用手指蘸了一滴放在嘴里品尝。老师:"是香槟?"查理:"不是。""白兰地?""不是。"最后,老师说:"我不尝了,你说你带了什么?"查理小声说:"一只小狗!"

一日上电脑课,有一排同学的电脑死机了,于是一位同学站起来说:"老师,电脑死机了,我们这排全死了。"这时,许多同学都说:"我们也死了。"这时老师问:"还有谁没死?"只有一位同学站起来:"我还没死!"老师奇怪地说:"全班都死了,你为什么没死?"

一个刚刚为人母的QQ好友的签名：要是不好好奋斗，就不能养儿子，因为如果有一天儿子说："妈妈，我把同学打了，他家长要5万医疗费。"我就可以说："什么？要5万！给你20万，再打3次！"为了成为这么棒的妈妈，我要好好奋斗了！加油！

话说一次在一寺庙中，看到一个漂亮MM在拿糖逗一小和尚，小和尚伸手接糖时，MM趁机摸了小和尚头几下，小和尚因为拿了糖，虽然不太乐意被摸头但也没反对。这时MM得寸进尺，迅速亲了小和尚一下，瞬间大家都愣住了，接着高潮出现了，小和尚大哭起来，一边跑一边哭喊："破戒啦，破戒啦……"

去食堂排队买早点，在我前面的兄弟买了个茶叶蛋，可能是煮得太久，蛋破掉了，那兄弟要求换一个，食堂大叔不悦，不耐烦地说："可以吃，没问题。"那兄弟不依，俩人嚷嚷着吵起来，后来那兄弟华丽丽地说一句："这真的不能吃了，不信你尝尝？"大叔拿起蛋就开吃，证明没有问题。那兄弟说："现在你得给我换了吧！"

临近高考了，甲同学在认真复习，旁边的乙同学因听歌听得太入神忍不住大声唱了出来，甲同学耐住性子说了一句："你能不能跟乌

鸦和麻雀学学？"乙不解并怒斥问为什么，甲同学翻个白眼说："你不懂'鸦雀无声'吗？"

　　唐僧："悟空，妖怪来了，去吧，战斗吧，为了理想，为了正义，为了光明，去吧，放心地去吧，不要怕前方苦难重重，危险万分，不要怕敌人阴险毒辣，诡计百出，为师已经替你买了保险，而受益人，就是我。"

　　那天，我在幼儿园课堂上挑了一本最好的作业和一本最差的作业，拿起让大家看："这本是小雅的作业，不但写得好，而且干净整洁，这本是壮壮的，不但字写得差，而且脏得很，大家知道这是为什么吗？"平时就极爱抢话的小强边举手边大声喊："老师，我知道！因为小雅的爸爸是清洁工，壮壮的爸爸是挖煤的。"

让你喷饭的微博笑话

取经路上,杀出两个美猴王,上下天庭地府,无人能辨真假。观音建议:不如让两猴选择最爱的水果,众生皆迷茫。最终悟空选了榴莲,六耳选了桃子……此时背景音乐响起:有石猴,有石猴,宁愿选择榴莲不放手……

夜间值班警察在公路上拦住了一辆卡车:"您可知道车后的尾灯没亮吗?"那司机爬下车子,往车后一瞧,大惊失色,掉头就拼命跑起来,警察好心地喊:"别慌!这不算严重违章。""我哪儿能不慌?那辆装着我妻子和4个小孩的拖车上哪儿去啦!"

有此学生,老师怒了。

1. 床前明月光——李白睡得香。

2. 三个臭皮匠——臭味都一样。
3. 穷则独善其身——富则妻妾成群。
4. 书到用时方恨少——钱到月底不够花。
5. 天若有情天亦老——人若有情死得早。
6. 想当年,金戈铁马——看今朝,死缠烂打。
7. 不为五斗米折腰——给我六斗就可以。

每次放假,天天就是:睡睡懒觉—看看电视—玩玩微博—点点鼠标—逛逛空间—摸摸手机—发发信息—吃吃饭饭……太无聊了!一眨眼,假期就这样没了!这,不就是宅生活吗?

想到今天过节,就给一个领导发了个短信:"老大祝您节日快乐,每天的心情都要像今天一样开心哦!"过了一会儿领导给我回短信说:"我在上坟。"又过了一会儿领导又发来一条:"节后直接去财务处领工资吧!"

萝莉有三好,柔体+轻音+易推倒。
女神有三宝,干吗+呵呵+去洗澡。
屌丝有三废,在吗+忙不+早点睡。
高帅富有三宝:iPhone+跑车+名表。
黑木耳有三宝:美瞳+高跟+黑丝脚。
宅男有三好:Dota+基友+破电脑。
小清新有三宝:刘海+扶腰+45度角!

新学期开学,又来了好多的新同学,大家在一起互相认识,自报星座。这个说"我是狮子座(做)的",那个说"我是金牛座的",还有的说是双鱼座的、天蝎座的……小红惊呆地瞪大了眼睛:"哎呀!你们都不是人啊。"

作业做了很久,顺手打开收音机,一个温柔的声音传出:"如果肤色粉红,脸上的绒毛细嫩柔软,那么说明很健康……"听到这里,忍不住摸了自己的脸,对镜顾盼,再笑一笑,样子健康可爱。这时,又听播音员说道:"好,听众朋友,这次我们的《养猪知识讲座》就到这里……"

一对居住在郊外的夫妇在深秋时接到一个朋友送的一百株郁金香的花苗。太太一直催丈夫去种,可是他总是拖延。最后太太绝望了,就自己去种。当然丈夫很高兴——可是等到春天花开时,他看到鲜艳的花朵排列成"老公真懒"。

语文课上,老师叫同学们用"不是……是……"造句。老师:"有没有人会?说错没关系。"阿呆:"老师,我会。"老师:"你说吧。"阿呆:"哥种的不是萝卜,是寂寞。"立刻有一个女孩站起来说:"姐种的不是牧草,是烦恼。"

校长针对学生恋爱成风的现象对男生训话:"我们学校是培养精英的地方,统计表明,成功人士平均比配偶大12岁,精英比配偶大17岁,如果获得诺贝尔奖,就可能比配偶大54岁,你们未来老婆现在还在小学和幼儿园呢,或者没出生,现在花费时间和金钱,养的是别人老婆!"男学生一致回答:"我们是在讨好未来丈母娘!"

1问:"敢说你和多少异性接过吻吗?"答:"没算过,不过每增加一个我就记到一张卡片上,后来我用这些卡片做了四副扑克。"2问:"情侣两个都在QQ上,但是双方都不说话已有10分钟,说明什么?"答:"老板在旁。"3问:"公交车上一男的踩了你的脚,对你说'我是周杰伦',你的反应?"答:"踩回来以后可以炫耀我踩过周杰伦啦。"

老公发工资了,拿回家准备讨好老婆,对他的老婆说:"亲爱的,我发工资了。亲我一下钱归你了。"老婆迟迟无动于衷。老公见老婆没反应,又喊了一句:"你要是再不来,我就去找人伺候我了,把钱都给她了。"老婆淡淡地回了一句:"你要是敢去,这些钱你是怎么花的,我就怎么赚回来。"

上小学一年级的女儿,第一次写作文,题目叫《我第一次做家务》,写的是帮妈妈洗衣服。按照老师的要求,作文写完后要家长签字,当编剧的爸爸看完后,提笔在下面写了一句话:"以上情节,纯属虚构。"

刚洗完澡就在老公面前晃了一圈,边转边问:"我美吗?我美吗?"这厮淡定无比地瞅了我一眼,说:"美!"我兴奋地追问:"真的?!"结果那家伙说:"日行一善,施主刚才的问题,你每天只能问贫僧一次!"

巴克老爹坐在公园的长椅上休息,有个小孩站在他旁边很久,一直不走,巴克很奇怪,就问:"小天使,你为什么老站在这里?"小孩说:"这长椅刚刷过油漆,我想看看你站起来以后是什么样子。"

某天晚上想买零食吃,老妈制止,问我:"你不减肥了?"我说:"啊……反正我有男朋友,有人要了……"然后妈妈看着我,说了句特励志的话:"不想换了?"

上幼儿园的儿子一回到家就大喊:"爸爸!爸爸!我要骂你!"爸爸惊讶:"臭小子!你想挨揍吗?"儿子:"我要骂你!小朋友们

也要骂你！因为老师要骂你！"最后爸爸弄明白了，幼儿园要收书本费，巧的是，老师今天教了一个英文单词：money。

一对夫妻男方姓钱，女方姓许，媳妇怀孕后双方家里因为孩子姓钱还是姓许而争执不休，小夫妻俩差点离婚。结果孩子生下来，问题解决了，双胞胎，一个叫许多钱，一个叫钱许多。

爆笑雷料乐死人

这年头，能在你下了夜班后，苦苦在路口冒着寒风等候，在你想打车却打不到的时候，主动问你要不要坐车，在堵车的时候主动为你选择一条车少的路的，也只有黑车司机了。

★
小明为了向同学借电动玩具，竟跪下来求同学。小明的妈妈见状后立即拉起小明，说："男子汉大丈夫怎么能为了玩具给别人跪下呢？""没关系。"小明笑着说道，"反正到时候他会跪下来求我还给他的。"

★
有些男人早晨喜欢赖床，怎么叫也叫不醒。于是，某电视台的节目主持人传授给女人们一句如何叫男人起床的"魔法语言"——只需冲他耳语一句："喂，我刚刚看了你的手机。"此节目特意找了100

对男女做试验,结果100个男人中,有86人在听到这句话之后从熟睡之中惊跳起来。

★ 一年前买了辆二手自行车,八成新150元,骑一年,保护挺好。最近买了电瓶车,于是在网上挂卖自行车,还卖150。结果电话被打爆。最先到一哥们儿简单试了试,不知是怕我反悔,还是怕被后面赶来看车的人抢,没还价,塞150元就骑车奔走了。目测400米处停车,掏手机给我发了条短信:"谢谢!"物价飞涨有没有?有没!

★ 车上,对面坐了一对中年男女,始终拉着手,还不停说着甜言蜜语,让我看得那真叫一个羡慕嫉妒恨呀。下车后,我对老公说:"你看人家年纪那么大了,还那么甜蜜,我们才结婚几年,你就不怎么理我了,更别说拉手和我说我想听的话了,好羡慕他们呀!"谁知老公说:"羡慕啥?你没看出他们不是一家的?!"

★ 有一个人和一只老虎被分别绑在两颗大树上,绑老虎的绳子下面有一棵蜡烛,就快把绳子烧断了,如果绳子被烧断,老虎就会把人吃掉。结果人说了一句话,就没被老虎吃掉。他说:"happy birthday!"老虎就把蜡烛吹灭了……

我把结婚证拍照发给我一哥们儿,他人特马虎,还是一花心萝卜,他把我结婚证发到他微博上去了,但是什么都没写。结果很多人

给他发祝福短信。悲剧的是，并不是祝福他快乐，都是"太好了，你以后终于不能出来祸害其他妹子了"。

今天和同事去饭店吃饭，一前一后去洗手间，进洗手间的时候就没听见同事进来，结果出来后才发现，他在厕所门口，小心翼翼地一会儿滑向这边，一会儿滑向那边儿，玩得不亦乐乎，旁边竖着一牌子：小心"地"滑。

上大学时，有一天晚上刚躺下，突然接到一个电话，原来是我隔壁房间的同学打来的。"过来一下，有事情。"我不情愿地起来，过去了就问："干吗啊？""我们几个都躺下了，没有人愿意起来关门，麻烦你帮我们把门关一下，谢谢，呵呵。"我："……"

半夜，福尔摩斯推醒旁边的助手，指着满天的繁星问道："看到这么多星星你想到了什么？"助手沉思了半晌，说道："每颗星星都相当于一个太阳，而我们居住的地球在太阳系里只是很小的一颗行星，我们人类又是显得多么渺小啊！""你这个笨蛋，我们的帐篷被偷了！"福尔摩斯怒道。

"老公，我肚子疼。""乖，医院到了。""老公——""我在这。""你说这胎是男孩还是女孩？""男女都好，是你生的我都喜欢。""嗯，真好。"说完，便满足地闭上了眼。这时，只听见护士

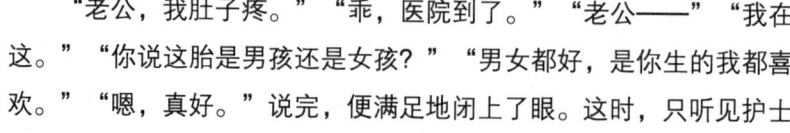

怒吼:"你们两个大男人有完没完!他是急性阑尾炎开刀,不是剖腹产!"

★ 某人去上厕所的时候,看到前面写着"看左边",他就看左边,左边写着"看右边",他就看右边,右边写着"看后面",当他转到后面时,后面写着:你到底要不要上厕所了,看来看去做什么!

★ 亲戚问:"你还在西安那个什么交通大学上学吗?"我说:"是。"他又问:"第几年了?"我说:"第六年了。"他一脸惊讶道:"妈呀,一个破驾校你都上五六年了还毕不了业啊?"

★ 向暗恋已久的女神表白了。女神:"我喜欢一个人。"我:"谁?"女神:"我喜欢一个人。"我:"谁啊?"女神:"我喜欢一个人!"我:"到底谁啊?"女神:"姐喜欢单身!"

★ 机场里,有一8岁的男孩高高地举着一个大大的牌子,目不转睛地盯着从机场出来的人,焦急地等待着他要接的人。只见牌子上写着几个醒目的大字:谁是我舅老爷?我是孙子!

★ 有个人跟朋友抱怨生活太让人无奈:"我所爱的人拒绝了我的求婚。""呵!别泄气。"朋友说,"女人说'不'往往意味着

‘是’。”"可是,她没说'不'。"那人愁眉苦脸地说,"她说'呸'。"

儿子睡前要听故事。我:"从前有个人挎着篮子去买菜……"儿子:"不行,我要听奥特曼!"我:"从前奥特曼挎着篮子去买菜……"儿子:"不行,我要听奥特曼和机器人打架!"我:"从前奥特曼买菜时和卖菜的机器人打起来了……"儿子听完奥特曼和机器人为一斤白菜打得头破血流的故事后满足地睡了。

流行的生活糗事乐翻天

看到英国王子和王妃在神父面前的婚礼,听到那一段在上帝面前的誓言"无论健康或者疾病,无论富贵或者贫穷,都将不离不弃"时,我就下定决心,在我将来的婚礼上,我一定让我的丈夫补上一句"无论苗条或者肥胖"。

某君乘公车常掉钱包,一天上车前,某君把厚厚的一叠纸折好放进信封,下车后发现信封被偷。第二天,某君刚上车不久,觉得腰间有一硬物,摸来一看,是昨天的那个信封,信封上写着:请不要开这样的玩笑,影响正常工作,谢谢!

女:"有公寓吗?有雅阁吗?"男:"没。"女:"我有事先走了。"男:"我有别墅,为啥要住小公寓?开着奔驰,难道要换成日本车?"女回眸一笑,相亲继续。男:"我创业把别墅、车子全抵押了。"女:"先走了。"男:"还好拿到基金,公司上市了。"女:"你好坏,老逗人家!"穿白大褂的医生进来:"小子,快回去吃药。"

如果是晚自习或者上晚班,两个人晚上去偏高的楼层,越晚离开越好,并且要等电梯,等到电梯开门,里面只有一两个人的时候,就和你朋友说:"哇,电梯这么挤,我们还是走路吧。"估计电梯里面的人可能会被吓得脸都变青了,如果朋友再加一句"是啊,太挤了",效果会加倍。

一对夫妇去酒店用餐时，孩子哭闹不止，女人赶紧掀衣，给孩子喂奶，这时服务生走了过来予以制止，女人大怒："难道这也不行吗！？"服务生道："露胸可以，但是酒店规定不准自带饮料！"

　　派大星："嗨，海绵宝宝，我们去抓水母吧。"海绵宝宝："对不起，今天不行，我要上学。"派大星："如果你去上学的话，我今天该干点什么？"海绵宝宝："我不知道，一般我不在家的时候，你都干些什么啊？"派大星："等你回来。"

　　富婆牵狗散步，路遇乞丐。富婆傲慢地对乞丐说："你管我的狗叫声爸，我就给你一百元！"乞丐说："我要是叫十声呢？"富婆开心答道："那我就给一千！"乞丐当即冲狗喊了十声爸，引得观者如云。众目睽睽下，富婆只得掏钱给乞丐。乞丐接钱后，连声喊道："谢谢妈！谢谢妈！"

　　坐公车到站后，一男人突然堵住车门说自己手机不见了，不让人下车。众哗然。这时有人说打那个男人的手机，看在谁身上响谁就是贼。一女孩主动借手机给丢手机的男人拨号。突然靠近车门的一男子挤下车拔腿就跑，丢手机的男人也没还女孩手机就去追，转眼都不见了。于是女孩的手机真的丢了。

某男同学A，暗恋女同学C很久了，发短信向其表白，短信说："我第一眼看到你就喜欢上你了。"C："你第一眼看到我是什么时候？"A："就是开学第一天，看见你和家人一起来校了，那时你穿的裙子特漂亮。"C："那天我没穿裙子，穿裙子的那个是我妈！"

　　一位理科教师被分配到一个偏远的山村学校工作。第一堂课，他给学生讲了什么是现代科学以及它如何促进人类的进步，他还谈到了宇宙飞船以及人类如何登上月球等。下课后，他问学生有什么疑问。"老师。"一位学生问道，"我们村什么时候能通公共汽车？"

　　自习课时，教务主任走进来，对班长说："帮我找两个人，我要班花。"于是班长就组织全班投票评选起班花来，闹了一节课，终于统一了意见，选出了班里最漂亮的两个女生，于是两女生很羞涩地去找主任，主任说："跟我去教务处，我要搬花。"

　　某日，我打扮得漂漂亮亮去某大学校园探望我好友，走进校园后突然内急，看到旁边有"××号宿舍"就匆忙走进去。看到管事大妈，我视而不见，以充分显示出我来此处的理所当然，但是大妈却叫住我："同学，找人要登记的。""我住这儿。"我仍故作镇定。"这里是男生宿舍。"大妈平静地说。

高中,有一次班主任去了井冈山,大家都以为她会过两天回来,结果第二天同学们都迟到,班主任突然出现,同学们全被抓到班上,她好兴奋地对我们说:"哈哈,我就知道,我特意连夜坐7个小时的车赶回来抓你们迟到的。"

　　乐队指挥血流满面地回到家,老婆看到后心疼地问:"你这是咋了?"指挥家说:"被卖油条的打了。"老婆说:"为什么呀?""卖油条的说我偷了他炸油条的筷子,还拿出来显摆。"

　　某日,我正在宿舍吃香蕉。此时,去超市购物的姐妹从超市回来了。姐妹:"啊,你也吃香蕉啊?"我:"嗯,你也买香蕉了?"姐妹:"我本来想买苹果的,后来看到樱桃太贵了,我就买了芒果。"我:"……"

　　学车的时候,上路考试。副驾驶有考官。上车的时候挂一挡起步,考官突然来了一句:"加油!"心里一喜,考试有戏。就很谄媚地伸出两只手指头,冲考官一笑:"耶!"考官脸一黑:"我让你加油提速!"

总经理："你听着,有人试图收购我们公司,我要你设法把我们股票的价格抬高,让他们买不起!"第二天,该公司股票的价格上涨了5个点。第三天又上涨了5个点。总经理非常满意,问公关主任:"你是怎么做到的?""我放了一个假消息。""什么假消息?""我说你快要辞职了。"

让人无法淡定的雷人囧事

一女穿着貂皮大衣走在街上,从后面跑来一男子,将其大衣扒下,接着给她一记耳光,怒曰:"这么贵的玩意,不让你买,你非要买!"然后转身扬长而去。街上众人皆以为是夫妻,该女原地发蒙良久,大叫:"抢劫啊!"我汗!

某领导到外地某单位检查工作,单位设宴,每餐都上甲鱼。领导夸道:"你们单位王八真多。"主人自谦:"哪里哪里,这些王八都是外地来的。"席间厨师上席征求意见,领导夸厨师:"你这个王八烧得好。"厨师回答:"哪里,哪里,是王八都喜欢吃。"

同学聚餐，大家都喝醉了，互相搀扶着回到宿舍，倒头就睡。半夜，我有些口渴，起来倒水，迷糊中看见地上有一红点儿，心想："谁扔的烟头儿，也不掐灭了，就不怕着火？"上前用力一脚，把烟头儿踩灭了，然后去睡觉。一大早，我就听有人怒喊："谁把我的手机充电器给踩碎了？"

数字军团和字母军团打了起来，数字头领0说："1、3，你们组成B，潜入字母军团！"过了一会儿，只见1、3两人头破血流地回来了，说："头领，装B被发现了！"

在地铁上听到一男子跟旁边的女性朋友炫耀说："10年之后，至少我能知道我的孩子姓什么，你就不一定了，还是未知数呢！"那女子慢慢地说："但是我的孩子肯定是我的孩子，你的孩子就未必了……"

下午去网吧打游戏，旁边坐了一个乡村非主流，把显示器不停关了开，开了关，嘴里还嘟囔电脑怎么重启完了还是死机，很影响我发挥。于是顺手帮她按下了重启键，这时网管也闻声赶来，这女的急忙指着我大喊："网管！网管！刚才我重启了好几遍都还有画面呢！他按了一下！屏幕全黑了！"

阿呆和女朋友骑摩托出去玩，出发时忘记加油和取钱。他们到加油站时，发现对面正好有个银行。阿呆对女友说："你帮我加油，我去取钱。"女友点点头说："好的，没问题。"阿呆跑向对面的银行，这时银行门口停着一辆运钞车，两个护卫非常紧张地看着他，而后面她的女友对他高喊："加油，加油啊……"

大学里求爱门不少见，最近某大学有一求爱门，男主带着一群人在女寝楼下造了很久的声势，却迟迟不见女主角出现。终于有人忍不住告诉男主角，女主角和她男友约会去了。男主瞬间石化……我说哥们儿，你要表白也先要弄清人家是不是单身吧！

老板O.Brien是个老外，让我帮忙起个中文名。我告诉他："你的名字读快了是个很霸气的大英雄，被称为第一勇士，一个朝代的开国元勋、公爵，皇帝的辅政大臣，就像你们亚瑟王的兰斯洛特一样。"他眼睛一亮："快把名字写给我看。"第二天，全公司都收到他的信昭告天下起中文名了，落款是两个刚劲有力的楷体字：鳌拜。

一个渔民拎着一桶螃蟹走在海滩上，别人看着他桶里的螃蟹说："你应该用盖子或者网兜把水桶罩起来，否则螃蟹会爬出来跑掉的。"渔民微笑着说："你别担心，不会的，因为它们是本地螃蟹，和本地人一样，有一个想爬上来，其余的就会齐心协力把它拉下去。"

5岁的哈利趴在一张纸上，正专心致志地用铅笔在上面画着什么。"你画什么呢，哈利？"妈妈问他。"我在给上帝画像。"哈利连头都没抬，回答说。"可是谁也不知道上帝到底是个什么模样呀？""我一画出来，大家不就知道了吗。"

孔子告诉你啥叫因"财"施教：三十而立——三十两银子只能站着听课；四十不惑——四十两能一直问到没疑问为止；五十知天命——五十两能知道明天考试命题；六十耳顺——六十两老师会说你喜欢听的话；七十而从心所欲——七十两你来不来、学得怎么样都随便了。

聚会时，有人给我介绍了一位新朋友，说他炒股成了百万富翁。哇！厉害！佩服佩服！我坐在他边上，悄悄地请他传授秘诀。他一脸木然地对我说："其实也没啥秘诀……我原来是千万富翁。"

老师说："谈恋爱是什么感觉？"同学说："特步，非一般的感觉！"老师说："还谈不谈恋爱？"同学说："安踏，永不止步！"老师说："你爱她有多深？"同学说："361度，多一度热爱！"老师说："在班上排名第几？"同学说："鸿星尔克，to be No.1！"老师说："像你这样的人，谁会爱你？"同学说："KAPPA，爱我就跟随我！"

下馆子，外面大暴雨，突然门被撞开，一萝莉举把小伞东倒西歪冲了进来，对一服务员大喊："妈！给你送伞来了！"交接完毕，转身风风火火又冲进瓢泼大雨。满座目瞪口呆。几秒钟后，萝莉又冲进来，哭嚎："妈！我没伞了。"

有个MM追一个男生，穷追不舍，有一天将男生堵住，问："你到底喜欢不喜欢我呀？"男生道："你猜？"MM大胆回答："我猜你喜欢我。"男生不慌不忙言道："你再猜。"

让你捧腹的巨搞幽默段子

做胸透,我一同事刚一上X光机,医生就大呼小叫地召唤其他几位医生:"快来,快来,我干了20年了,今天总算碰上一个——看,心脏是不是长右边了!"众大夫:"还真是哎。"这时我同事从X光机后扭过头来弱弱地问:"不能吧,咋没人跟我说过呢?""嗯?谁让你背对着我的,给我转过来!"晕倒一片!

老张和老李在一起喝酒,老李说:"前天,我在院子里捡了块石头,后来发现竟然是块陨石。"老张笑了笑说:"这有什么?昨晚我和老婆大吵了一架,家里的碗碟全被她从七楼阳台给丢出去了,结果……"老李追问道:"结果如何?"老张答道:"结果,今天早上,我站在阳台上往下一看,楼下围满了研究飞碟的科学家。"

我妹妹是很有心眼的小孩，一年级的时候有次考试只考了五十多分，结果老师要家长签名，这丫头居然把卷子折啊折，折成一个小纸条，只留出空白的地方，回家拿着问我爸爸："爸爸你名字怎么写啊？"

一个美术老师小有名气，某报上有较大篇幅报道，并附照片，于是在课上自吹："最近总有同学和我说，老师你真行，上了报纸还登了照片……"一学生："寻人启事么？"从此美术老师拒绝该同学上美术课。

同事老公姓周，她姓夏，讨论将来宝宝名字，想好一个简单的"周一"，大家说不错，这个名字还有延续性，一口气可以生七个，从周一到周七，有人问："如果生了第八个第九个怎么办？"同事说："简单，妈姓夏，第八个就叫夏周一，第九个叫夏周二。"

法官："我无法相信，你这样体面稳重的男子竟动手打您妻子那样娇小脆弱的女人。"约翰斯："可是她骂我，折磨我，使我失去了耐性。"法官："她说了些什么？"约翰斯："她喊道：'来吧，打我吧，我不怕。来呀，只要碰我一下，就把你拉到那个秃头的老傻瓜法官那里去。'"法官："本案撤销。"

有一天，老鼠得意地对猫说："你知不知道啊，我的女儿蝙蝠她可能干了，她还会飞，她是我和小鸟爱情的结晶！"猫咪听了后，也得意地对老鼠说："切，这有什么了不起的，我的儿子猫头鹰他的精神可好了，晚上还活动呢！他是我和老鹰爱情的结晶！"

早上老公赖床，用被子把自己裹了好几层。我一生气就用皮带拦腰给他绑被子里，然后去上班了。下午回来，看见老公保持着早上的造型，眼神幽怨地看着我。他说："饿了一天不是关键，没空调热死了不是关键，明天怎么去单位解释没上班而且不接电话也不是关键，关键是：尿没有憋住……"

有一个人出门办事，到了目的地发现没有停车位，只好把车停在马路上。他在雨刷下留了一张纸条，上面写着："我来此办事。"回来的时候雨刷下多了一张红罚单，而且自己的纸条下多了一行附注："我也是。"

一女友:"我们能分手吗?"男友:"不可以。"女友:"为什么?"男友:"就像这食堂的包子,你咬了一口,人家肯给你换吗?"女友:"可你没我想象的好。"男友:"就像这食堂的包子,你本来想吃肉包,拿错了,咬了一口是菜包,想换又不给你换,难道扔了?凑合着吃吧。"女友:"哦。"

一个判了死刑的罪犯被押赴四里外的绞刑架。刚下过大雨,路上泥泞不堪,十分难走。"我不怕死!"罪犯嘀咕着,"但是要走四里烂泥地,真要命。"押解他的刑警说:"你这算什么,我们要走八里哩!""为什么?""你是单程,我们还要往回走。"

儿子提着一个很大的提包,对爸爸说:"这个家我再也忍受不下去了。我要离开,我要自己去过那种天天有刺激、天天花天酒地的生活。爸爸,你无论如何都不能阻挠我。"爸爸一听,急急忙忙地说:"谁会阻挠你呀,我马上准备行李跟你一起去。"

老婆从来不做家务。老公生日那天晚上,老婆心血来潮地对老公说:"今天你生日,不用洗碗了。"老公高兴地亲了一口老婆说:

"太好了,谢谢你帮忙!"老婆不紧不慢地说:"留着明天再洗吧。"

一老农追赶驴子,碰到一张渔网,驴上而破之,渔翁索赔500元。老农热泪盈眶道:"你以为这是电信公司么,上网要花这么多钱。"驴子转身踢了老农一脚,老农忍痛骂道:"你以为你是群主吗,想踢谁就踢谁。"驴子不再理老农,变得很沉默。老农说:"你以为这是在QQ群里啊,可以整天不说话!"

邻居:"汽车出毛病了?"汤米:"是啊,我买了一个省油30%的阀门,一个省油40%的汽化器,和一组省油50%的火花塞。"邻居:"结果怎么样?"汤米:"车子开出去20公里后,油箱里的油多得溢出来了!"

土豆5岁生日,爸爸给土豆买了个很稀罕的漂亮美味的蛋糕,土豆拿着叉子就冲上去想张口大吃,爸爸妈妈赶紧制止,说必须要许了愿才能吃。土豆闭紧双眼许愿,爸爸问许了什么愿,土豆说:"许的愿是马上吃蛋糕!"

下半年就要上大学了，妈妈问我："你一个人出门不怕吧？"旁边的二姨抢着说："长得那么丑，不管做什么时都不怕！"我很淡定地说："谁说的，至少照镜子的时候会害怕！"

一次看闯关综艺节目，一男子打扮怪异，自称是哪吒。主持人问："牛魔王和铁扇公主和你是什么关系？"此男子说："我是哪吒，不是红孩儿。"

超给力的笑话集锦

 高中的时候,一次下课,同学们都抢着到外面买盒饭。一女生为了比别人先到,绕了个近道走,结果前面的井盖没盖好,掉了下去!一会儿她撑着井沿往上爬,很是狼狈,一群初中小孩惊骇地从她身边走过,她竟急中生智,一边爬一边说:"哎!真难修啊……"

 话说,男友二表姐小时候,大概三四岁的样子。看见男友妈妈怀孕的肚子,就问男友妈妈:"小姑,你这肚子里是什么呀?"男友妈妈就逗她说:"是小怪兽。"只见小姑娘以迅雷不及掩耳之势奋力一拳挥向男友妈妈的肚子,说:"小姑,它死了吗?"姐,得亏您当年那一拳没把我男人打死啊!

男:"你放心!我一定会娶你的!一定会有个交代!"女:"得等到什么时候?"男:"快了!我离了婚就娶你!"女:"你什么时候离?"男:"快了,我和她明年结婚!结完就离!"女:"啊?为什么还要等到明年结婚?"男:"快了,她今年还没离嘛!"

患者:"大夫,我咳嗽得很厉害。"大夫:"你多大年纪?"患者:"75岁。"大夫:"20岁时咳嗽吗?"患者:"不咳嗽。"大夫:"40岁时咳嗽吗?"患者:"也不咳嗽。"大夫:"那现在不咳嗽,还要等到什么时候咳嗽?"

上课时,一老兄在玩手机,不幸被班主任在窗外寻查发现了,班主任不想打断课堂,给该同学发了个短信,意在提醒他。不巧该生没存班主任的电话,遂回复短信:"谁啊,上课呢。"班主任回:"看窗外!"老兄回:"谢了,班主任盯着呢,下课再说。"

小时候口吃,说话断断续续的不成句子,但是学习很好。转到另一个班级后,天才的班主任安排我和另一个口吃的孩子坐同桌,此后三年就能看到两个纠结的孩子面部表情极其丰富地进行着谈话……

公司老总有天在办公室问其他同事问题,第一问:"老鼠为什么会飞?"同事答:"因为是蝙蝠。"老总说:"错,因为老鼠吃了仙丹。"第二问："蛇为什么会飞？"同事答："因为蛇吃了仙丹。"老总说："笨，因为蛇吃了老鼠。"第三问："鹰为什么会飞？"同事答："因为鹰吃了蛇。"老总大笑，说："真笨，鹰本来就会飞。"

一小偷进入一户人家，经过卫生间时，不想里面有人在洗澡。于是，小偷转过身去，蹑手蹑脚，打算离开。此时，门突然打开，一位女人穿着透明的浴衣，丰乳肥臀，倚门含笑，摆出一个S形的pose，柔声问："你是怎么在茫茫人海找到我的？这么藏，都被你无情地揪出来，难道人漂亮一点，活着就该这么累？"

甲："你说为什么外国的酒是黑色的？"酒厂经理："这还不简单，要是有老鼠屎掉进去，就发现不了了！"甲："那中国酒为什么是白的？"酒厂经理："这更简单了，如果有老鼠屎掉进去了，我们就说那是酒糟呗！"

湖边依偎着一对情侣。女友说："你爱我吗？"男友："当然，我爱你胜过爱自己的生命。"女友指着湖面说："你敢从这儿跳下去，我就相信你的话。"男友立即转身跑开，过了一会儿，他气喘吁吁地回来了。女友："你干什么去了？"男友："亲爱的，我去买了个救生圈！"

四个外星人被空投到中国：第一个来到北京，居委会大妈马上打电话："公安同志啊，我们这有特务！"第二个掉在上海，上海人挺高兴："这个东西好好玩，应该送到动物园去卖门票。"第三个掉到广东，广东人："没有吃过这个东东，拿去煲汤！"第四个掉在成都，成都人："刚好3缺1，来来来，打麻将撒！"

一男老师年届不惑而未婚。研究室主任观其人尚憨厚，且有金屋多年，问其择妻条件，欲为之物色。答曰："长得漂亮，身材好，学历硕士以上，工资自给有余，有气质，家世不错，会做家务，没谈过恋爱。"主任拂袖而去，曰："可怜之人必有可恨之处！"

一位太太想画肖像，丈夫给她找来了最好的画家。她给画家提出了一个要求，希望给她画上项链、耳环、头饰等物，而事实上她并不戴这些金银首饰。画家同意了，但问道："干吗要这样呢？"太太答道："这是以防万一，你知道，我也许比我的丈夫死得早。那时他会马上再娶的，让他的新太太去找这些宝贝好了！"

地铁上，一哥们儿的手机铃声大作，众乘客一听："爷爷，那孙子又给您来电话了……爷爷，那孙子又给您来电话了……爷爷，那孙子又给您来电话了。"只见那哥们儿慢慢悠悠地掏出手机接听，说道："张总，什么事……"

老师问一同学:"你的作业本怎么变成这样了?"同学说:"掉水里了。"老师:"怎么会掉水里呢?"同学低着头说:"上厕所的时候不小心……"老师:"掉在厕所的水里了?"同学说:"掉进大便池里了。"于是老师带着一副哭腔仰天长啸,然后伸出食指比划着说:"我是蘸着口水一页一页翻的啊!"

隔壁宿舍一个哥们儿,早上没去上课,老师快点到他时,同学给他打电话,此时只见电话开免提,里面大喊一声:"到!"老师说:"今天不错,都来全了,我们开始上课。"

小卖部出来一对情侣,拿了瓶饮料。我正准备也买瓶喝,听女的在后面喊男的:"喂,这上面再来一瓶是啥意思?"男的头也不回:"不知道。"于是,女的随手把瓶盖扔地上了。这一幕被我看到,以为碰见俩白痴。待他们走远,我急忙跑去捡起来,又是吹,又是对太阳看,结果上面四个大字:谢谢品尝。

让人狂汗的糗事围脖

★

某校园论坛上有人问:"学校用蟑螂香灭蟑螂后,怎么蟑螂出没得更频繁了呢?以前都没怎么看见的。"某学生跟帖:"你家人不见了,你不着急吗?"

★

今天吃完饭,胃疼。同学叫我一起去买东西,我说:"不去了,我觉得我有点恶心。"同学说:"是吗?我早就觉得你恶心了。"

★

大一暑假时俩哥们儿心血来潮,决定一起骑自行车从上海去杭州,且身上都不带一分钱。经过14个半小时的跋涉,俩人骑到了杭州火车站。疲极欲死的他们早已退去了出发时的得瑟嚣张,只管拉住人就问:"二手自行车要不?不贵,换张回上海的火车票就行。"

一人在办公室老是放响屁。同事忍不住说:"你能不能不出声?"然后便见他坐在那儿摇来晃去抖个不停,又问:"你在干什么?"回答说:"我调成震动的了!"

一个姑娘曰:"我的电脑最近总死机,为何?"查其系统,四个杀毒软件三个防火墙三个安全防护,其谓之这样安全。解释:"你家就50平米,有四个警察三个保安三个城管,能安全吗?"姑娘释然。

老师在讲课时,同学们在下面叽叽喳喳说个不停。老师很生气地一拍黑板擦,教室里一下子鸦雀无声。老师说:"过去县官断案,就是这样一拍惊堂木,堂下就肃静了。"突然,有个学生大声喊:"冤枉啊!"

老公正在玩游戏,我叫他一起去超市买东西。这货嘴里答应着,可手还在键盘上忙碌地和游戏里的朋友道别。老公:"我老婆要带我出去遛遛。"游戏里的朋友:"让你老婆带狗去。"老公:"我就是那只狗!"

我爹昨晚喝高了,晚上睡觉把自个儿腿挠破了,今儿早起来非说

是我妈挠的。我妈当然不乐意了，说是他自个儿挠的，我爹偏偏不承认。最后给我妈吵急了，上去在他另一条腿上华丽丽地挠了个五线谱，咆哮："就是我挠的，你能怎么地吧！"我爹瞬间绵了："不怎么地，就是觉得挠得挺好看的。"

★

北京的路上，千里车流，万里人潮。望大街内外，车行如龟，司机烦躁，一步不动，总是红灯憋出尿。交通如此多焦，引无数大款上公交。惜奥迪A6，慢如蜗牛。奔驰宝马，无处发飙。一代天骄，兰博基尼，泪看电驴儿把车超。俱往矣，还数自行车，边蹬边笑。

★

李先生跟儿子说："汉字是音形意俱全的字，如'爷'字，它的繁体字是'爺'，意思是耳朵有点背的父亲，那他就是老爷爷了。"儿子："我明白了，'爸'是凶巴巴的父亲。"李先生说："你不愿意叫我爸，那就叫爹吧。"儿子："多个父亲才叫爹，我才一个父亲呀，只能喊爸。"

★ 一个老师在改作文，发现学生的错别字很有水准："我家门前有一坨屎，我发现后大吃了一斤。我叫爸爸出来，他大吃了一斤。妈妈出来，也大吃了一斤。哥哥出来，大吃了一斤。姐姐出来，也大吃了一斤。"老师评语："这坨屎的分量真重，有五斤！"

★ 某人吹牛说："今天看了一场戏，真痛快！"有个人问："什么戏？""京剧《包公斩曹操》。""不对啊，包公是宋朝的，曹操是三国的，年代差几百年，包公怎么能斩曹操呢？""老包的脾气你还不知道，只要是坏人，他还管你什么宋朝三国的！"

超有笑果的新视角幽默

白娘子故意下雨骗许仙的伞,祝英台十八相送时装疯卖傻调戏梁兄,七仙女挡住了董永的去路,牛郎趁织女洗澡拿走她的衣裳……这些故事告诉我们:伟大爱情的开始,总归得有一个先"耍流氓"。你没爱情,可能就是你不懂"耍流氓"……

最近身体不舒服,老是想吐。一天,在公交车站等车,闻到了一辆轿车的尾气,要吐了,于是转身看了一下后面的人,应该喷不到她——后面站的是一丑女,我看完转过身就吐了,那丑女见我才看她一眼就吐了,当街泪奔……

某日，在学校打开水。不小心水溅在了手上，背后一位MM拉着我的手关切地问："手没烫伤吧？"尽管很疼，但为了显示男子汉气概，我硬是咬着牙说："没事，没事。"并装作若无其事的样子。MM突然回过头和后面排队的人们说："都回去吧，今天的水又没烧开！"

一位张先生离开了公司人事部，有一天去酒吧，调酒师说："张先生，听说您最近不干人事啦？！"张先生听了大慌，调酒师忙改口："听说您不在人事啦？！"

某日，坐公交车，上来一位老太太。老太太掏出公交卡一刷，刷卡机器随即传出"学生卡"的声音。司机看了看老太太说："大妈，您怎么用学生卡啊？"老太太很认真地说："我的孙女是我从小带大的，用下她的卡都不行？"

两口子吵架吵得很凶，邻居进来劝架，夫妻俩都很爱面子，便掩饰道："因为我老婆是演员，有吵架的戏，所以我们正在排练。"邻居疑惑地说："不太像吧？"丈夫马上对妻子说："我说你演戏不投入吧？看！连邻居都看出来了，再重来一遍！"

在屋里上网，突然听见楼下大妈用扩音喇叭喊："三楼靠南侧302室那位男同志请不要将你的垃圾随手扔出窗外,破坏小区卫生。"过了十多秒,又听大妈再喊:"三楼302室的那位男同志,不用你瞪我,大妈我在小区还没怕过谁!"

 早上有晨读的习惯。今天也不例外,在教学楼6点多,突然肚子不舒服,痛快后发现没带手纸,遂呼朋唤友送纸入厕,正当我告知好友地点后,卫生间隔板被敲响,一个虚弱的声音说:"同学,让他多送点行吗,我也等好久了……"

 富翁带着傻儿子去参观食品厂,他说:"这里的生产线非常先进,这边猪进去,那边香肠就出来了。"傻儿子问:"有没有一种生产线,这边香肠进去,那边猪出来?"富翁生气地说:"你妈就是!"

 寝室有个男生的女朋友比较黑。一天晚上他和女朋友在学校树林约会,在树底下亲嘴。事后回寝室,发现桌子上不少吃的,于是就欢快地吃了起来。这时室长过来悠悠地说:"兄弟,有困难就和我们说,刚才下自习我都看到了,你抱着树在啃树皮!"他女友得有多黑啊。

 旁边站着一对情侣,女生穿得很花,蓝白条的裤子,紫色高跟鞋,亮片T恤搭一件粉色西服。跟她老公撒娇:"你看我今天穿得好

看吗？"她老公很淡定地回她："嗯，挺好，西服换成红的就更像扑克里面的大王了。"

出门，碰到四楼的小正太在他爹的车上画东西，我问他干吗呢，那小家伙可怜地看着我说："我爸爸揍我了，你别告诉他是我在车上写的。"我走近一看，车门上用小石子写着："老爸是坏蛋。"不出所料，晚上又听到孩子的哭声了。

儿子羞涩地跟爸爸说："刚才我梦到我左手持镰刀右手持铁锤，一直跟那些想拆我们房子的人打架，我虎虎生威打跑他们后累倒就睡了，梦里还跟一个没穿衣服的女孩背靠背呢。"爸爸说："这梦好哇！你打坏人说明你勇敢，自古美女爱英雄，姑娘爱上你很正常。"接着爸爸语重心长地说："儿啊，你该翻身了！"

一天，一对父子在收音机旁听音乐。儿子说："肖邦的曲子真好听。"父亲大叫道："笨蛋，这明明是贝多芬的交响曲。"就在他们争论不休时，收音机里的播音员说："您刚才收听到的是东北大秧歌。"

甲："你比较重视女孩子的内涵还是外表？"乙："当然是外表！"甲："这样太肤浅了吧？美丽只是短暂的！"乙："可是丑陋却是永恒的！"

爆笑幽默让你乐不可支

今天班长问我们的理想,一哥们儿说:"娶一个媳妇生几个娃……"然后,旁边一哥们儿来了句:"我差不多,娶几个媳妇,生一个娃。"

早上你醒来,枕边躺着一只蚊子,身边有一封遗书,上书:"我奋斗了一晚,也没能刺破你的脸,你的脸皮厚得让我无颜活在这世上!主啊,宽恕他吧!我是自杀的。"

一位著名诗人的妻子穿着一套华丽的晚礼服出现在宴会上,艳惊四座。有人对诗人赞赏地说:"太棒了,您太太今天的装扮简直就像一首诗！"诗人摇头答道："岂止是一首诗，足足花了我半部诗集的稿费！"

小逗号被女朋友甩了，悲痛欲绝。朋友安慰道："算了，忘了她吧，没什么大不了！"小逗号哭诉："忘不了啊，我买了许多东西给她，都是分期付款的。"

男友不敢当面向他的女友求婚，只得在电话上作远程试探。"亲爱的，今天我彩票中了五百万，你答应嫁给我吗？""当然了，你谁呀？"

一人教鹦鹉说话，每日必对它说"早上好"。过数月，鹦鹉仍不说话，一日，此人心情不佳，未问好，只听鹦鹉大叫："你小子今天牛了啊，连好也不问了？"

凡人："什么？明天要考高数？"得道："什么？下节课要考高数？"入仙："什么？刚才考的是高数？"成佛："什么？昨天有考试？"高级佛爷："高数？刚才考的不是英语？"我寝室一哥们儿："高数是什么树？"

脱了袜子自己闻，那叫日记。脱了袜子请朋友到家里来闻，那叫博客。脱了袜子挂在家门口让路过的人闻,那叫论坛。脱了袜子挂在广场上请所有人闻,再去闻别人的袜子,恭喜你,你已经玩微博了。

一算命先生自号"赛诸葛",有人问他:"你有什么本事敢自命赛诸葛?"算命先生振振有词地说:"诸葛亮字孔明,鄙人字洞明,请问是孔大还是洞大?"

经典幽默大杂烩

朋友经常从我这里借东西用，一天借东西的时候，他带着歉意说："老从你这儿拿东西真不好意思。"正当我准备说没关系的时候，传来了话的后半句："不如放在我那里算了。"

母蜈蚣质问男朋友为什么那么长时间才接她的电话，公蜈蚣很委屈地说："当时很激动，不知道该用哪一只手按接听键了。"

一对情侣找房子，女子可怜巴巴地问："我们为什么不能住贵一点的房子？"男子说："我们马上就可以住贵一点的房子了，房东说明天给我们涨房租。"

我以前就知道有高帅富、高瘦美、白富美、矮胖丑，今天才知道原来还有一个更超然存在的土肥圆！

有一首歌，坑了大家十几年了，不信你唱唱："你挑着担，我牵着马。"回想下《西游记》里的分工，沙僧挑着担，悟空带路，谁牵着马？谁唱谁八戒啊！

下课点名，没来的期末成绩将被扣掉50分！念到一兄弟时不知怎么就跳了过去，于是他大喊一声："老师，你漏点了！"年逾花甲的老教师低头看看了说："没有啊！"

同事甲："真累啊！经理又给我加活了！"
同事乙："上班族就这样！拿着包月的工资，干着不计流量的活！"

几个女孩在一起谈论将来嫁个什么样的老公。其中一个态度十分坚决地说:"我非当兵的不嫁!"其他女孩不解地问:"为什么?""因为他在部队里不仅学会了洗衣做饭,更重要的是他学会了服从命令!"

冬天学校超市的大门都有一层厚厚的棉帘子挡风。我室友那天不知道咋了买了根雪糕,出去的时候一手掀棉帘子一手举着雪糕,掀起来先把雪糕伸出去。结果受阻了。然后发现自己把雪糕塞进一个正要进来的男同学嘴里。

一位中国留学生在美国商店打工,不带计算器,抬头望天,心算找零。顾客大为惊讶,纷纷掏出计算器验证,皆无误,也抬头望天,惊恐地问:"这就是云计算?"

有次聚会,匆忙买了两瓶雪碧,可喝了几口感觉味道不是很对,我连忙看一下生产日期,没过期啊!又仔细看了下瓶身,好家伙,是"雷碧"!雷得我喝进去的全喷了!

父亲对7岁的儿子说:"如果你不做作业的话,你将来就找不到

好工作。"儿子说："才不想工作呢。"父亲："那你最好也别结婚，成家。"儿子："才……不要结婚呢！"父亲："那你最好也不要恋爱，不要跟姑娘接吻……"儿子："才没工夫跟你闲扯呢——我要去做作业了！"

"我是你小学同学，记得我吗？""哪个？不大记得了。""三年级的时候拿市作文大赛一等奖的那个。""没啥印象。""我五年级的时候奥数比赛拿省一等奖。""还是没印象。""咱数学老师的外号是我起的。""哦！原来是你啊！"

校园十佳歌手大赛是女性用品厂商赞助的，赞助商要求当晚主题必须是"今生为爱狂"，系领导觉得挺好，就同意了。结果等大赛那天，赞助商把宣传语从右到左排布。于是大家一整晚的话题都是那句"狂爱卫生巾"！赞助商心机很重啊！

一位同学抄作业被发现，他当场反驳："抄作业其实不叫抄作业，语文上说是借鉴，数学上叫类比，英语上叫copy，地理上是迁移，生物上是转录，物理上是参考系，化学上叫同分异构体，政治上叫求同存异，历史上就是文化大统一。"老师当场晕倒！

两个男人在谈论他们读大学的儿子。一个说:"看我儿子的信,我总得查字典。"另一个说:"那你真是幸运啊,看我儿子的信,我总要跑银行。"

老师在一个女学生的记分册上写道:"包勒尔上课讲话太多。"女孩子的父亲看后,在上面写道:"如果您认识她的母亲的话,您就不会奇怪了。"

我带5岁的小弟弟去看电影,屏幕上突然出现男女主角亲热的镜头:他们把身上的衣服一件件抛到床下。我紧张地转过头去看小弟弟的反应,不过,情况并不像我想象的那样糟糕。只见小弟弟不服气地说:"哥!为什么他们可以乱丢衣服我就不可以呢?"

表哥30了还单身,一次我问他:"表哥,你们单位那么多美女,为何到现在你还不找个女朋友?"表哥冷冷地说:"兔子不吃窝边草!"我说:"都这把年纪了,你还兔子不吃窝边草!"表哥沮丧地说:"美女才是兔子,我是草。"

轻松围脖让你开心一下

有一天,我在学校食堂里吃饭,买了一份土豆烧牛肉,结果不小心掉了一块牛肉,于是我整顿饭都只吃到了土豆。

土豆是万能的。在宫保鸡丁里是鸡丁,在水煮肉片里是肉片,在咖喱牛肉里是牛肉。难以想象,没有了土豆的学校食堂该怎么办!

男子忘带钱,于是吃完把账单放柜台上就走,收银员拿着账单大喊:"先生,你的账单!"男子回头一笑:"是你的账单。"

一次，和寝室室友斗嘴，他说不赢我，大骂一句："你是我爷爷的儿子！"全寝室在1秒的安静后狂笑！

护士给一个病人打针，先拿酒精棉给病人擦了擦屁股。病人："为什么要给我擦酒精？"护士："这样给你打针时你屁股不疼。"病人："可我屁股还是疼得要命。"护士："那肯定是你的屁股酒量大。"

许仙站在雷峰塔前，痛心疾首："法海你这秃驴，把我娘子镇在这宝塔之下，让我们夫妻分离！是何道理？"法海还没说话，白素贞在塔内幽幽道："在杭州这地方想弄一套别墅，难道指望你许仙那点薪水吗？"

丈夫："我的长相不怎么样，可你为什么还经常说我酷毙了？"妻："我说你酷毙了用的是简称，全称是:长相太残酷应该拉出去毙了！"

我们单位是一个好单位！我们虽然下班晚，但上班早啊！我们虽然休息少，但值班多啊！我们虽然冬天冷，但夏天热啊！我们虽然工资低，但工作多啊！找工作，就该选这样的，拿最少的钱，上更多的班，放更少的假……我们的工作伤不起啊！

你有智能手机强迫症吗?你是不是自觉或者不自觉地去看微博,查查电话,玩玩游戏或者发短信,实在闲得无聊就去按解锁键?

前几天单位吃饭,一小年轻同事要了一瓶大雪碧,给大家倒了一圈,轮到自己的时候瓶子空了。于是该同事晃着雪碧瓶对服务员说:"这个还有吗?"服务员屁颠屁颠地跑过来,接过瓶子仔仔细细地检查了一遍,一脸诚恳地说:"没有了。"

女儿发烧,我和老公带她去医院。医生说:"打针好得快。"女儿一听就哭,看着后面排队的病号,老公强行把她摁住。那位三十多的男医生赶紧扎针。女儿回头看看她爸和医生,哭着说:"你们男人真是没一个好东西。"

俏皮的超萌段子引你发笑

★

第一天,小白兔去河边钓鱼,什么也没钓到,回家了。第二天,小白兔又去河边钓鱼,还是什么也没钓到,回家了。第三天,小白兔刚到河边,一条大鱼从河里跳出来,冲着小白兔大叫:"你要是再敢用胡萝卜当鱼饵,我就扁死你!"

★

某一天男友问女友:"如果我出轨了,你会怎么办啊?"女友答:"我会睁一只眼闭一只眼……"男友刚想感叹女友的宽容大度,女友就说话了:"然后瞄准,一枪打死你的。"

★

儿子被爸爸修理了,跑去找妈妈诉苦:"妈妈,有人打你儿子你会怎样？"妈妈："我会打他的儿子报仇！"儿子："……"

　　一懒猫疯狂地追求一老鼠，终于结婚，婚后猫对老鼠百般呵护，老鼠很快变胖，老鼠很感动："亲爱的，为什么对我这么好呀？"猫嘿嘿笑道："等你再胖一点就知道了……"

　　在这个寂寞的世界，除了10086会主动给我发信息，除了10086会马上接我电话，除了10086会在乎我还有多少话费，除了10086会每个季节送来祝福，除了10086会24小时为我开机……一个人的世界，除了10086，谁还会想起我，谁还会在乎我！

全球糗事排行榜

 昨天去公司对面的大学看学生运动会的接力比赛,只见一个男生奋力向前飞奔,快交接棒时,我前排的一位老师狂喊:"接稳!接稳!你们接稳!"然后那两个男生顿了顿,对视着考虑了半秒,接着就抱在一起接吻了……

 一天妈妈回来发现小新在哭,就问他怎么回事。小新回答说:"刚才爸爸钉钉子时砸了手。"妈妈很奇怪,又问:"那你怎么会哭呢?"小新说:"因为当时我笑了……"

 花是植物的生殖器,只有人类,才会把一个物种的生殖器摘下

来,送给另一个心仪的异性,然后,异性把鼻子伸进植物的生殖器,一闻,说:"好香啊。"如果植物能说话,植物一定会说:"人有病。"

女生宿舍,前天晚上半夜12点,某个姑娘在阳台打电话。貌似是被男友抛弃了,哭得声嘶力竭的,哭了很久……对面一哥们儿被吵醒了,冲到阳台上吼道:"半夜三更的,哭什么啊,不就一男人吗!明天来找哥,哥做你男人!"第二天姑娘找上门了……于是事情就这么成了!

> 师自幼在寺中长大，既没吃过猪肉，
> 也没见过猪跑

唐三藏："八戒，你跑两步给为师看看。"猪八戒："师父，你为啥突然想看徒儿跑步？"唐三藏："哎！惭愧！为师自幼在寺中长大，既没吃过猪肉，也没见过猪跑。"

有个比自己高20多厘米的男朋友，好处之一是从他那个角度看我，我的脸就没那么肥了，而且会感到略萌。并且由此可证，凡是觉得我胖的，那都是因为你不够高！

学校禁止谈恋爱，但是我们班有两个同学仍然偷偷摸摸地谈，被班主任发现之后,叫来双方家长。班主任本来是想让家长说说自己的孩子,结果家长聊了聊发现对方家庭情况都还不错,就订婚,订婚了……

初中谈对象爸妈无懈可击;高中谈对象爸妈过河拆桥;大学谈不成对象了,爸妈开始各种无中生有!现在为了达到万箭齐发的效果,不断铁锁连环安排相亲。见面才知道让人乐不思蜀的妹子长得各种南蛮入侵!好不容易相中一个却被人顺手牵羊!现在已经兵粮寸断,如再没有人五谷丰登,只能和基友桃园结义了。

据说,语文好的人普遍文艺,历史好的人普遍博学,地理好的人普遍谨慎,英语好的人普遍开朗,生物好的人普遍灵巧,物理好的人普遍聪慧,化学好的人普遍乐观,体育好的人普遍果敢,政治好的人普遍执著,微机好的人普遍时尚,数学好的人普遍变态。

这年头找女生完全没必要找白富美,这类女生基本不是拜金就是公主病。不如找个普普通通的女孩,有点微胖,成天喊减肥却减不下去,别人面前很闷骚,其实在你面前很奔放,偶尔也会骂脏话,嚣张起来自称老娘,温柔起来会脸红。和这样的女孩一起才叫恋爱,才能完全做自己!

班上一个4岁的小女孩因为筷子拿不好而发愁,旁边的小男生说:"瞧,这样拿就对了。怎么样,我厉害吧?"开始自卖自夸。另一边的小男孩说:"没关系,来,张嘴!啊——"说着把菜亲自送到了小女孩嘴边。吊丝注定孤独一辈子啊!

找个男朋友然后挖个坑埋了,等到秋天长出好多好多个男朋友。一个揉肩,一个捶腿,一个做饭,一个哼小曲,一个收拾房子,一个陪我打游戏,剩下的全都出去挣钱。

客服:"您好,很高兴为您服务!"客户:"你好,请问是顺丰镖局吗?"客服:"……不好意思,是顺丰速运!"客户:"这里有趟镖,派人来接一下!"客服:"……"

如果有人愿意在你们聊天结束时,每次都以他的话为结尾,诸如"嗯嗯"之类毫无营养的,甚至把说过的晚安再重复一遍,不要以为他啰嗦,他只是把话语中断的失落感揽到自己身上。这样的人内心是很温柔的,错过了就很难再遇到了。

当我老了,我的儿女问起我"你的初恋情人是谁"的时候,我不希望我要做的是翻出一本旧相册。我希望我能抬起手指着屋子的另一头说:"他就坐在那里啊。"

凌晨四点,寂静的小区里突然有一小朋友探出高层窗户用撕心裂肺甚至是绝望的哭腔持续高呼:"再见啦,各位!再见啦,北京!"很多人都被惊醒。当我异常惊讶是怎样的生活压力能让一个年幼的孩子打算轻生并准备报警的时候,那孩子突然喊道:"明天爸妈就带我去香港玩儿啦!"我真是踹死他的心都有!

从现在开始咱俩谁先说话谁王八蛋，开始剪吧——牛

一名女顾客去理发店剪头，她洗完了头坐在凳子上，发型师问她："美女今天想怎么做啊？"只听她回答："不烫头发，不染头发，不做营养，不办会员卡，不买饰发品，只剪短，从现在开始咱俩谁先说话谁王八蛋，开始剪吧！"

一哥们儿喝多了，深夜找不到家门了。于是站在小区里扯开了嗓子大喊："睡着的都给我起来！"于是看见很多住户家的灯亮了。这哥们儿接着又喊："起来的都把窗户给我打开！"很多住户都莫名其妙地打开窗户伸头出去看什么事。哥们儿继续喊："大家看看我是谁家的孩子，把我给领回去啊！"

没回家之前爸爸妈妈都说想我了。回来之后发现，他们不过是想骂我了。起床晚挨骂，看电视挨骂，玩手机挨骂，在家不出去挨骂，出去玩也挨骂。

"大师，你为什么老说阿弥陀佛？""施主，我觉得一个出家人如果也用呵呵来表达情绪的话，这也太俗了。阿弥陀佛。"

天气实在太热了：买了筐鸡蛋，到家变小鸡了！买了个凉席，一睡变成电热毯了！汽车不用点火，自己着了！在路上遇到个陌生人，相视一笑，变熟人了！桌子太烫，麻将刚码好，居然糊了！想吃个凉菜你都得趁凉吃，要不一会儿就热了！

魔王："你尽管叫破喉咙吧，没有人会来救你！"公主："破喉咙！破喉咙！"没有人："公主！我来救你了！"魔王："说曹操曹操到！"曹操："你叫我干吗？"魔王："见鬼了！"鬼："靠！被发现了！"靠："胡说，谁发现我了！"谁："关我屁事。"魔王："Oh, My god！"上帝："谁叫我？！"谁："没有人叫你啊！"

没有人:"我哪有!"

"笨蛋!男人都不想从秋天开始谈恋爱!""为什么?""下半年的节日一个接一个!圣诞元旦春节情人节!要过节就要买礼物!费钱!"

上周女朋友跟我分手了,至今我仍然不明白为什么。她问我有过几个女朋友。我说算上她三个,第一个没什么特点,蛮普通的,第二个有点文艺……然后她扇了我一巴掌就跟我分手了……

语文课上,小强趴在桌子上睡觉,这时老师提问他:"小强,你造一个疑问句。"小强不知所措:"老师,你是问我吗?"老师:"很好,再造一个祈使句。"小强:"老师我没听清,请再说一遍!""下面,再造一个感叹句。"小强低着头说:"太难了,我不会!""回答得很好,坐下吧。"

笑料不断欢乐不断，欢喜段子乐翻天

面试者："面试官我能不能问你一个问题，由答案来决定我的去留，好不好？"面试官："好。"面试者："你是我天边最美的云彩，让我用心把你留下来……"面试官："留下来！"面试者："谢谢！"

高中语文考试，有道填空题：山对海说："你是如此的宽广、如此的澎湃、如此的博大……"然后下面的填空是"海对山说：（　　）。"大家都极尽所能发挥想象，结果，卷子发下来时，有个同学在空格里填了："谢谢。"

某好友说:"这十几年来我辛辛苦苦地逢考必抄,为了什么,难道是为了我自己吗?!还不是为了提高班级的平均分,为了任课老师的面子,为了年级主任的评先评优,为了校长去教育局开会有面子。每次抄得心惊胆战,满身虚汗,我有说过一句怨言吗?!无私到这个地步你还要我怎样!"

我们寝室二哥是个做事很投入的人,包括睡觉……有一天晚上,大家熟睡很久,突然二哥从床上掉了下来,大家都醒了,但是都懒得睁眼,持续五分钟左右。在大家正要再一次入眠时,只听二哥从地上爬起,大呼:"他妈的,原来是我掉下来了……"

交往4年的女友和我分手,昏天黑地上了公交车,旁边坐了个美女也提不起兴趣。售票员过来卖票,我以为是空调车就递过去两块,售票员看了我们两个一眼就撕给我两张一块钱的票,我愣了一下想算了算了,继续头靠窗户回忆我四年的感情,不知不觉泪流满面,美女突然说话:"就一块钱不至于吧……"

上小学时老师让写一篇关于做家务的作文,反复强调要真实。周一老师让一同学读,他读到:"回家后我要帮妈妈洗衣服,妈妈说一边玩去,我说是老师让我做的,我妈说你们老师事儿真多……"这是我听到的最真实的作文。

昨晚女友跟我说:"晚上给我妈买箱水。"我接完电话马上就搬了箱矿泉水送去。刚才女友打电话过来一阵暴骂:"让你买个香水,你买一箱矿泉水干吗?"

飞机上,本来想逗逗空姐,结果被空姐给涮了。发餐时,我说:"你有纸巾不?"MM从兜里拿出纸巾给我;又问:"你有牙签不?"她又从另外的兜里拿出牙签;哥很郁闷,再问:"你有一次性筷子不?"MM把筷子递给了我,同时说了一句让我石化的话:"亲!我像哆啦A梦不?"

不着调的糗事集,想不笑——难

★

上语文课,某同学睡着了,坐在边上的同学突然叫醒了他,并小声说道:"读课文第三段。"他马上起身大声读了起来。正在黑板上写字的老师吓了一跳,老师郁闷地看着他问道:"同学有什么问题吗?"他貌似知道了什么……淡定地说了一句:"这段写得真好!我念给大伙听听!"老师:"……"

★

小学的时候上体育课,一同学买了包酸奶,没来得及喝,上课铃响了。他当时也不知怎么想的,顺手就把酸奶放进自己戴着的帽子里了。结果课上到一半,他不老实,逗弄女生被体育老师发现了,老师冲上来就朝他脑袋拍了一巴掌!顿时酸奶就顺着脑袋彪下来,把体育老师吓得大叫着退了三大步……

有一次我出去玩,在一个远房亲戚家住了两天。那里有个风俗,认为小孩子的尿是最干净的,他们就用童子尿来煮鸡蛋,说是非常养生。我哪里敢吃,无奈人家热情,一直劝我吃,我没办法只好来了句:"我不爱吃鸡蛋。"我那亲戚更可爱了,说:"那你喝点汤吧。"

有一男生,平时我老和他在一起玩,关系很好,喜欢他很久了。昨天表白,跟他说喜欢他,他笑了一下问我:"喜欢我多久啦?"我说:"这么多废话,你表个态呗?"他说:"我就是想看看,是你喜欢我时间长,还是我喜欢你时间长。"僵住,然后感动。果然这个世界上最美好的事就是你喜欢的人也喜欢你!现在果断在一起。

昨天去哥哥家,看到一向脾气很好的嫂子暴揍4岁的小侄子,一问真相我笑疯了。嫂子提前回家,看到令人抓狂的一幕:小侄子在客厅拉了一泡便便,然后一勺一勺地喂给狗狗吃,已经持续一个多月了。而嫂子每天下班回家第一件事情就是抱起小狗亲一亲。

一天我上街,走着走着想上厕所,看见路边有一公共厕所,便冲了进去,进去后才发现是女厕所,还好当时没人,马上回头,结果刚转身便碰到一小妹妹。我还没来得及说话,就见小妹妹脸一红,头一低,说了句:"对不起!"然后飞快转身冲进了男厕所。

和老婆吵完架,打算出去走走,出去前按习惯到卫生间镜子前晃了一下,发现有几根鼻毛长了出来,于是拿剪刀剪剪,剪完觉得有点尿急,就掏出家伙尿尿,手上的剪刀还没来得及放下。老婆从卫生间门口路过,惊叫跑进来抢过剪刀,从背后抱住我哭道:"不要这样,我知道错了还不行!"

我有一同学有封情书,开头称呼是"嗨——",接下来是表白内容。情书结尾是这么写的:"如果你不喜欢我,请把它还给我。"结果,那情书用了六年……

昨天晚上,我到学校外面的超市买了个洗脸盆,正拎着往回走,迎头碰见我们宿舍的同学。他们喊我一起去吃火锅,我摸摸肚子,还真饿了,就和他们一起走进一家有名的自助火锅店。进门的时候,我感觉服务员两眼盯着我手里的那个大脸盆,表情怪怪的。我想,脸盆有什么好看的,真是少见多怪。

亨利问妈妈:"一个人会不会因为自己没有做过的事情而受到惩罚?""当然不会。"妈妈答道。"挨骂呢?""也不该挨骂,小宝贝。"妈妈温和地说。"那么,谢天谢地。我今天没有做功课。"

别笑,千万别笑出声来——狗,你们的保安咬人吗

 很多工厂门口都爱养狗。一日劳务所带着众人前去应聘,在门口闲着无聊,有的人便找话题,一大哥把话题找到了门口保安身上。看着保安身边躺着两条大狗,这位大哥激动地跟保安说了一句最欠揍的话:"狗,你们的保安咬不咬人?"

 白雪公主逃出王宫,来到森林,看到一间小木屋,里面排列着七张小小的床。白雪公主就躺下睡着了。傍晚七个小人回来了,白雪公主说:"你们就是我命中的七个小矮人吧。"七个人面面相觑,然后说:"你走错地方了,我们是葫芦娃。"

 某大学中文系流传一副漂亮的对诗。上文由女生作:昨夜操场漫步,路遇青蛙装酷,呕吐,呕吐,只有拿头撞树!下文男生对:昨夜

球场摆酷,看见恐龙撞树,恐怖,恐怖,可怜那棵小树!

大学同学十周年聚会的时候,有个大哥拿着话筒走到讲台上说:"我大学印象最深的事情,就是暗恋×××四年,今天她也在场。"这女的当时就热泪盈眶啊。后来他接着说:"大学四年我最幸运的事情,就是还好当时没成功。"

某人上课睡觉,老师见了火大,就叫他到黑板上解题,准备当众羞辱他。才站起来,老师就开始酸他:"成绩那么差,还敢上课睡觉,真不知羞耻,就会睡觉……"结果某人漂亮地把题解出来了。老师顿时有点下不来台。结果他自己走回座位,坐下淡淡地说:"我先睡一下,你待会还有不会的再问我。"

小学二年级时一个同学在村里逗狗玩,结果被狗咬了一口。只好去医院打针,打完针千方百计地要了一个注射器,回家抽上水,气势汹汹地去找那只狗,非要给那只狗打针。结果……他又被咬了。

今天我告诉老爸说要去参加婚礼,老爸说:"真巧,我也去参加个婚礼。"出于好奇,我就多嘴问了老爸一句:"你去哪儿参加?"老爸:"××路酒店。"居然和我去的是同一个地方!当我俩拿出喜帖打开一看,晕了!新郎是老爸同学,新娘是我同学。

一个抽烟大半辈子的奶奶说："孙女啊，以后嫁人千万别嫁戒过烟的啊。"我很纳闷，就问她为什么。她说："戒过烟的男人心狠啊！你想想，烟都能戒了，还什么事做不出来！"爷爷听了对孙子说："找对象千万不能找减肥成功的女人！一个女人连她的嘴都能控制住，她还有什么狠不下心来的。"

他刚刚和老婆吵完架，正要去上班，一出门，发现皮包和钥匙锁在屋里了。他知道，此时想让老婆把门打开，简直比登天还难。于是，他灵机一动，大声嚷嚷道："看我把门锁上，让你出不来！""你敢！"门猛地开了，老婆气势汹汹地闯了出来。

今天在办公室闲得没事，玩一块磁铁，被领导看到了。领导伸手就来拿，结果"嗖"的一下，磁铁吸在了领导的金戒指上面，好尴尬……

悟空听说那iPhone4S是件稀罕物，便飞往美国买了，然后天天骚扰师父。这天又拨打唐僧电话，却猛地将崭新的手机摔在地上。悟空破口大骂："唐僧你个死变态，彩铃设成紧箍咒。"

上课，一位同学很饿，就把方便面泡了。为了不让老师发现所以将书立起来，头埋下去，但是热气还是冒了出来。老师很冷静地说了一句:"这是哪位同学,看书看得走火入魔了?"

昨天突然头痛,去校医院看病。校医说:"能忍吧?能忍就回寝室睡一觉!"于是我回去睡觉。今天头更痛了,再次去校医院。还是那校医,说:"忍不住了?那赶紧上大医院治去吧!"大叔你好歹也是个医生啊!

甄嬛:"今日醒来全身酸痛,感觉很乏,想来怕是前几日玩得太尽兴所致;私心想着若是连着这三日继续歇息,闻花之芬芳,沐阳光之温存,定可心情大佳,势必对工作是极好的。"华妃:"贱人就是矫情,不想上班就直说,本宫最见不得你这副狐媚样。"

同事喜得贵子。他儿子刚学说话时,他天天对儿子说:"叫爸爸。"儿子跟着学,也说:"叫爸爸。"久而久之,儿子养成习惯,见着他便说:"叫爸爸。"他没办法,开始纠正,现在天天对儿子说:"爸爸。"

生活工具的幽默心里话

1.

手机：就因能和不在身边的人说上话，不得不忍受天天挨打的非人生活。

2.

出租车：俺天生是挨打的料，想舒服点就打俺吧。

3.

电梯：心中能容人，自然会受到上上下下的欢迎。

4.

地铁：为了人们出行方便，甘愿做地下工作。

5.

电动车：只有经常充电，才能跟上时代步伐。

6.

自行车：自身条件差不要紧，只要肯出力，就不会停滞不前。

7.

MP3：敢于让别人倾听自己的心声，自然受人爱戴。

8.

太阳能热水器：不沐浴阳光，就不会有一腔热情。

9.

手术台：让别人站着进来，躺着出去，不是因为我横，而是治病救人的需要。

10.

医用氧气瓶：憋了一肚子的气，不是对谁心存不满，而是与人同呼吸共命运。

11.

自动取款机：只要有人和我对上暗号，我就有大把的钞票相送。

12.

记分牌：在大庭广众下公开别人的成绩，是我最大的乐趣。

13.
天文望远镜：只因看得远，才成了"追星族"。

14.
飞机：只因舒适、快捷，才让人有机可乘。

很糗很雷人，开心小笑话

1.

和朋友去吃饭，两个人吃了150元，饭很难吃，没吃饱，我很不爽，对朋友骂道："老子150喂狗了。"朋友点头称是。两人都没反应过来，高高兴兴地回家了。

2.

昨天下午主持活动，带观众玩那种最常见的游戏：一人描述词语一人猜。甲看题板上写着"香醋"，说："第一个字是臭的反义词！"乙说："臭豆腐！"甲说："装在瓶子里！"乙说："豆浆！"甲说："第二个字是——你姐姐吃你姐夫什么？"乙说："豆腐！"全场爆笑。这孩子和豆腐干上了。

3.

警察抓住一小偷，并在其家中发现大量时装杂志，警察十分不解，问："你想做服装生意吗？"小偷不好意思地说："主要看新款服装，口袋在哪里。"

4.

某法院法官暴毙，一老汉在法院门口逢人便找该法官，法院之人告之已死，数日，该老汉依然在法院门口找该法官，有人回答："死了，你烦不烦呀！"老汉笑着说："呵呵，我就爱听这个。"

5.

吕布和貂蝉每次情到深处，貂蝉总娇柔道："不……"吕布顿时泄气……郁闷之余，只好去请教诸葛亮："貂蝉为何总说不？"诸葛亮沉吟片刻，一语道破天机："因为将军之名：'布！'"

6.

上班迟到的原因：早上做了个梦，梦里我和几个朋友被劫持了，大伙正考虑怎么脱身的时候闹钟响了。起来正准备穿衣服，突然想到如果我溜掉了，剩下的哥们儿会不会被杀掉啊？兄弟如手足，我可不能扔下兄弟们不管，于是就躺下接着睡了——

上班族无敌经典语录

1. 有落差才有爱情,没有落差只有友情。

2. 上一天班撞一天钟……

3. 大佬是熬出来的。

4. 下辈子不想再做白领了!

5. 有盒饭的地方就有剥削。

6. 乞丐也得放假啊。

7.为什么迟到？我又在人生的道路上迷路了！

8.谁知盒中餐，盒盒皆辛苦。

9.文件是做不完的，我们的青春是会消耗完的。

10.谁是最可爱的人？老板！

11.招聘会盒山盒海，应聘书石沉大海。

12.让年终报告见鬼去吧！

13.人在感冒身不由己。

14.为什么地球转动时不带上我？

幽默给力的讽刺笑话

局长最近收到了一幅画,此画题为"天马行空",出自当代国内知名画家之手,价值百万!画中之马立于峭壁之上,煞是威风!局长看在眼里,喜上眉梢,想起十岁的儿子在艺术班学的是画画,于是决定考考儿子。他将"天马行空"四个字遮住,对儿子说:"儿子,你要是能猜出了这幅画的题目,爸爸就奖给你五百元。"儿子定睛细瞧,突然大叫:"爸爸,这是让你悬——崖——勒——马啊!"

局长、副局长、办公室主任旅游途中逛了一座寺庙。局长说:"咱三个铁哥们儿去求佛吧,愿咱们局明年一切大好。"可回来不久,局长竟得暴病而死。一次,成了局长的副局长和主任喝酒,大醉。谈到继任,局长笑着说:"那次求佛许愿真是太灵了。"主任听了，心里好一阵儿憋屈。心说："灵啥？我也许愿了，可你不是还活着吗。"

"宝贝，香蕉用英语怎么说呀？"
"banana！"
"橘子呢？"
"orange！"
"苹果呢？"
"iphone！"
"那大苹果呢？"
"ipad！"

有个人装了假肢，一次他去舞厅跳舞，发现那只假手竟然顺着舞伴的腰部往下滑。

舞伴推开他，说："别乱来！"

他赶紧解释道："对不起，我这是个假肢，经常不听使唤。"

舞伴忍不住笑道："我听过不少借口，不过这个是最好的。"

那年的机场，很多爸爸送儿子前往英国留学。那些父亲，满怀激动地说："你混不好就别回来了！"唯独有一位爸爸，面色凝重地对儿子说："我混不好你就别回来了。"

放映员:"导演,演员念错别字可是个问题,总引起观众哄堂大笑。"

导演:"很好嘛,我正担心听不到笑声呢。"

放映员:"……观众认为作为演员,不该念错别字。"

导演:"告诉观众同志们,从艺术要'贴近生活'来说,我们还差得远呢,我们会继续努力的。"

一辆高档轿车在街上行驶时,不小心碰倒了一个小摊边上的椅子,结果引起了纠纷。

摊主是个很泼的中年妇女,她叉着腰破口大骂,车主在车里不敢还口。

过了会儿,车主探出头来,说:"有完没完了,一点都不注意形象,你看看,这大晴天的,愣把雨刷都给骂启动了。"

一个女人走进一家自助食品商店。她走到经理面前,问:"你们有小笔记本吗?"

经理说:"对不起,我们没有。"

那女人觉得她的胃在咕咕叫,问道:"你们有烤薯片吗?"

经理耸了耸肩说:"对不起。"

"嗯,那么无色唇膏呢?"那女人说。

"没有那个。"

那女人说:"噢,如果你们什么都没有,那你们为什么不关门呢?"

经理耸耸肩说:"我们没有钥匙。"

爆笑一句话小段子

每当我找到了成功的钥匙,就有人把锁给换了。

什么破公司,剥削加压榨,当我是鲁花工厂里的花生啊。

我看见你哭了一次,我高兴了好几天,可是我看见你笑了一次,我却恶心了好几年!

亲爱的儿子,我无力为你购买汽车和道路,只好蹲下身来,把你松开的鞋带系紧。

母亲给儿子东西的时候,儿子笑了;儿子给母亲东西的时候,母亲哭了。

匪徒:"打劫,拿钱来,少废话!"被劫者翻了所有的兜,拿出一张纸来:"钱没有,股票要吗?"匪徒:"滚!要不是这玩意,我能出来抢吗?"

命运如同手中的掌纹,无论多么曲折,终究掌握在自己手中。

活鱼会逆流而上,死鱼则随波逐流。

一人喝多了,吐得厉害,被朋友送到了医院。护士给他拿来吊瓶,他指着吊瓶说:"这种白酒没喝过,拿……拿下来,给我加加热,我不爱喝冷的。"

一些生活俗语的幽默新解

耍滑头：
　　人们劳动时玩的一种策略游戏，谁把滑头玩得好，谁就能在干活时少出力而不用承担责任。

套近乎：
　　一种狩猎活动，套住近乎这个动物不是用来食肉用皮，而是为了建立亲密关系。

拖后腿：
　　一种体育运动，类似负重跑。胜利是拖者自己的功劳，失败就是重物的不是。

出风头：

据说是一种流行病，得病之人总好表现自己，自鸣得意地显示自己比别人行。

打圆场：

人们在谷场内劳动，然后把收获的粮食拿出一部分，分给有不同意见的人。这样就可缓和紧张气氛、调节人际关系。

翘尾巴：

据说是动物们在舞蹈。舞者因其善用尾巴舞动这种特长而相当地自信，觉得自己比人类强。

撂挑子：

一种民间的庆祝仪式，人们把扁担等工具扔掉，什么活也不干了，专门跳舞放松。

走后门：

一种防灾逃生技能。能找得到后门的人，总能规避各种风险。当然，这种门不是哪儿都有，也不是谁都能走的。

敲竹杠：

一种很能赚钱的打击乐器，只需在其上轻轻敲击几下，就会有人奉上不菲的演出费。

逗人的餐馆、旅馆小幽默

我们这帮朋友很长时间没聚在一起了,今天在一餐馆小聚,这餐馆虽说菜上得慢点,可也没有影响我们喝酒的兴致,两瓶白酒很快就底朝天了。

我看大家都有继续喝的意思,就对服务员说:"小姐,再给我拿两瓶'二锅头'。"

服务员走过来赔着笑脸,说:"对不起,先生,厨师正在做着呢,马上就好!"

一家餐馆以"鸭全席"驰名当地,一位旅游者慕名而来。

服务员上菜时,每端来一盘菜总要解释:"这是鸭脖""这是鸭胸""这是鸭腿"。得意之色,溢于言表。

最后一道菜端上来了,旅游者看出那是一盘鸡,又不便明说,便叉起一块,故意问:"这是什么?"

服务员淡定地说:"它是鸭朋友。"

一游客到某旅馆投宿,但他对这家旅馆不太满意,就去找经理投诉。

经理问:"有什么不满之处,尽管讲。"

游客:"你们这里要什么没什么。"

经理惊讶地说:"不对吧?!我们设备很齐全啊,洗手间里有清洁剂,卧室里有蚊帐,餐桌上有苍蝇拍,走廊里还有戳蜘蛛的竹竿呢!"